KB022287

6

6

성동혁 시집

민음의 시 **204**

민음사

이곳이 나의 예배당입니다.

성동혁

차 례

1부

쌍둥이   13

면류관   14

홍조   16

口   18

6   20

흰 버티컬을 올리면 하얀   22

동물원   24

수은등   26

촛농   28

측백나무   30

나선형의 사람들은 저울 위에서 사라진다   31

긍휼   33

독주회   34

2부

어항   39

수선화   40

그림자   42

노을   44

걷는 야자수   45

나의 투우사 ─ 식사 기도   46

페르산친   48

라일락   50

모래시계를 뒤집는 심경   52

사순절   54

거인의 잔디밭   56

그 방에선 물이 자란다   58

비치발리볼   60

유기   62

마임   64

등대   66

코르사주   67

3부

여름 정원   71

반도네온   73

리시안셔스   74

바람

종이를 찢는 너의 자세   76

1226456   78

발라드　80

석회

그러니까 내가 원하는 건 얼지 않는 모스끄바　81

숲　82

숲2　84

나 너희 옆집 살아　86

식빵　88

그녀가 죽고 새벽이 십 센티미터 정도 자랐다　89

나는 왜 고궁을 주인처럼 걸었는가　91

퇴원　92

매립지　94

자명악　95

창백한 화전민　96

붉은 광장　98

노를 젓자　100

4부

6　103

2　108

종유석　109

서커스　111

수컷　113

팔레트나이프　114

기억하는 악몽―라넌큘러스　116

망루　117

붉은 염전　118

血　120

백야　122

메니에르　124

횡단　126

기둥 안에서　128

성에　130

꽃　131

화환―대신하여 움직이는 작은 천국　132

쌍둥이　133

작품 해설 | 김행숙

통각(痛覺)의 가능성　135

1부

쌍둥이

파라핀을 녹인다
하늘이 녹는다고 안식처가 될 수 있겠니
어떻게 거울은 거기에 움직이는 식물을 집어넣었지
확장되는 천국
촌스럽게 전도하지 마
따라가기 싫어
누군가 날 따라올 순 없을까 던져지는 햇불
녹지 않는 양초 그 땅 위로
핍박이 오래였다 기근이 오래였다
파라핀을 녹인다
비옥한 조국은 몇 대가 옳아야 형성되는 가계일까
편백나무가 사람의 팔에 꽂혀 있는 도시
민들레는 어떤 영혼이 빠뜨리고 간 흰머리인가
파라핀 녹아 양초의 감각 기억해 팔뚝의 바깥 해체되지
않는 거대한 고체
　사랑하는 나의 아버지여
　사랑하는 나의 아버지여
　당신의 묽은 제자가 되고 싶어요
　묽다가 묽다가 맑게

면류관

새들이 빈 나무에 가 투명하게 목매단다

저택의 지붕을 찢어 내고
햇볕이 부엌까지 든다

신성한 가시밭은 골짜기의 초입으로 들어와 자랐다

몸은 닦을수록 제물처럼 크다

걸을 때마다 튀는 파편
호수를 뒤집어쓴 돌무화과들이 성장한다

파편은
언덕을 오를 때 둥글어지고

벼랑을 따라 이끼들이 층계를 오르듯
자란다 눈 감은 발자국이 과실을 무너뜨리고

새벽 화장실에서 트럼펫을 부는 소년은 나였다

수건이 거친 물결 모양 구름처럼 흘러갔었다

아버지의 빵을 먹었다

호수가 나의 다리에 와
붉게 언다

홍조

칼을 눕히며
검지에 새긴 문신을 읽어 내고 있다
슬픔은 신에게만 국한된 감정이면 좋을 뻔했다
머리카락을 끊어 내는 중이다
헌금함에 머리카락을 넣고 천막을 뜯었다
주일이면 종탑에 갇힌 달처럼
검지를 접었다 펴며 종소리를 셌다
휘발되는 것들은 내 위로
그림자를 버렸다
종탑 위 텅 빈 새들이
예배당을 나서는 내게로 뛰어내렸다
나는 왼쪽으로 기울고 있었다
새벽이면 십자가를 끄는 교회를 보며
칼을 눕혔다
나는 호기심을 참으며 구원을 받느라
여전히 누가 눈을 뜨고 기도하는지 알 수 없다
신은
나를

동산 위를 걸어가는
붉은 포자라고 했다

口

당신이 날 재앙으로 인정한 날부터 언덕마다 달이 자라 났네

슬리퍼는 낙엽을 모방하며 흩어지고 모이고 계절은 용 서까지 치달았다

창세기를 여러 번 읽어도 나는 가위에 눌렸다
난간에 심은 바람에 대해 변명하지 못했다
신앙과 종말을 함께 배워 불안하진 않았다

페달을 밟을 때마다 나오는 허밍은 나의 궤도이다 입을 닫아야 들리는 곡선
죄가 유연하고 둥그렇다
달이 찰 때마다 미안한 것들이 생긴다

죄를 앓고 난 뒤 쿨럭쿨럭 보라색으로 자란 바람이
살 나간 우산 안의 그림자를 밀쳐 내고
몸을 디밀며 안녕?

당신이 옆집에 살았으면 좋겠다

종량제 봉투 안에 가득 찬 악몽을 들고 엘리베이터 안에서 눈인사를 할 수 있도록

새벽 기도를 나가지 않고도 자라난 달을 버릴 수 있도록

동글네모스름한 초인종을 달고

6

발가벗겨도 창피하지 않은 방에서
나의 지루한 등을 상상한다 사내들이 아이의 배를 때리는데 여전히 아이가 죽는다

마스크를 오래 보고 있으면 마스크 뒤의 얼굴 그 얼굴 안의 얼굴
보인다
친구가 없는데 친구 목소리가 들리는 방 대답하지 않는데 손뼉 치는 방 낮과 밤이 없는 방
침대 밑에 강이 흐른다 더 무거워지면 익사할 수도 있겠다 풍덩 당신의 본명은 성경이었는데 이름값 못하고 엘리베이터에서 나를 때렸다 분명
난센스라 했다 너는

그녀가 현관 밖에 사 일 동안 서 있고 나는 현관 안에서 죽었다 (이 아이가 죽은 것이 아니라 잔다 하시니* 왜 만날 나만 잔다 하시니) 살았다 어제. 어떠한 신은 아니었다 그래서 우린 서로 믿지 않는다

나의 구멍이 도넛 같다면 얼마나 달콤하게 죽을 수 있을까 헤드폰을 껴도 밀려오는 반투명의 소리들을 모른 척하고 달콤한 입체를 찾는다 긴 이름들이 비뚤어진다

여섯 번째 일들이 오고 있다

* 마가복음 5:39.

흰 버티컬을 올리면 하얀

1

당신의 군락에선 똑바로 설 수 없다 넘어지는 흰 가로
등을 보며 나는 여러 겹의 카디건을 입었다 묵상도 하얗게
눈을 감아도 하얗게 어젯밤 나의 소파도 하얗게 푹신이란
부사도 하얗게 하얗게 나는 적어 두었다

2

우산꽂이에 우산이 꽂혀 있었다 하늘에선 구름의 가지
치기가 한창이었다 비가 후드득. 주머니에 붉은 손을 숨겼
다 우산 쥘 손이 없어 비를 맞는다 자꾸 발끝으로 흘러내
리는 물들이 핑크 핑크 레드. 나는 붉은 숲에 살던 붉은 난
쟁이

3

내게서 발현되는 붉음이 당신에 대한 쿠데타같이 보여
숨기려 했지만, 내가 붉고 네모난 색을 떠올렸을 때 건물은
무너졌다 붉은 먼지가 보도블록 틈까지 붉게, 앉았다

4

하양, 내가 지정할 천연기념물 일 호. 역사는 혼색(混色)으로 개혁되었다 하양과 빨강 명도로 그려지는 도시의 끔찍한 문명이 나로 인해 시작되었다니

5

발이 닿는 곳마다 붉게 오염되던 당신의 군락이 그립다 나의 군락에선 나의 발자국을 볼 수 없어요 붉고 붉어 아무 흔적도 남지 않는 붉은 투명 인간 그대여 당신의 흰색은 더욱 아름다워요 망명도 안 되는 나의 붉은 군락에서 나 좀 없애 줘요

6

나의 군락에선 똑바로 설 수 있다 사람들은 믿지 않았지만 난 가끔 당신의 하얀 생일에 초대받는 꿈을 꾼다

동물원

지구가 반으로 잘린다면 내가 너희와 같은 곳에 서 있을 거야

피리를 불던 날
바구니를 든 소녀들은 사라졌다

바구니 안 포도송이와 함께 출렁이며
신맛을 내는 그림자와 함께
마구간 뒤로 흩어졌다

땅을 핥으며 파열음을 잃은 건 초식의 가축들뿐이라 추측했다

계곡의 온통
고개를 못 드는 물이끼처럼
폭포 밑에서 고개를 박고
등을 물 밖으로 꺼낸
무지개

너무 많은 약속을 어긴 후
높은 곳으로 올라간 자들에겐
모음만 들려왔다

반대쪽 지구에서 소녀들에게 자음을 던져도
메아리엔 모음만 날아들었다

가축의 가면을 쓰고 방주를 넘으려는 소녀들은
울타리 안으로 떨어졌다

주일을 거두어들일수록 사육사들은 말이 줄어들었다
구원이 지연되는 것들은 소녀들뿐인걸
칠 일 후
사십 주야 동안 비가 반대편 지구에 내린다
방주 위에 올라 소녀들의 정수리를 본다

수은등

그는 목사였다 슬픈 날이 많았고 우린 친구가 되었다
　전구를 갈려는 사람들은 의자에 올라선다 터지는 호두
처럼

　선반엔
　접시들이 쌓여 있다
　가면을 엎어 둔 것처럼
　서로의 코를 안고

　어쩌면 모자를 썼겠군요
　비가 올 줄은 몰랐군요
　당신이 올 줄은 몰랐어요
　우산을 부엌까지 끌고 올 줄도 몰랐죠
　마루가 당신 때문에 젖을 줄은
　당신의 뒤가 주전자처럼 끓을 줄은 몰랐죠

　폐병 걸린 주택
　창문으로 들어온 헛가지들
　번진다 재채기를 하며

눈알을 또각또각 떨어뜨리며

빛은 없고 볕은 있다
이마에 수은을 들이부으며 온다
너는 슬프다는 말을 왜 그렇게까지 하니

그는 목사였고 슬픈 날이 많았다 우린 친구가 되었다
전구를 갈려는 사람들이 의자에 올라선다

당신
어쩌면 모자를
어쩌면 선반을
어쩌면 가면을 썼겠군요
당신
젖은 커튼을 툭툭 뜯으며
끓으며
터지며
안으며
호두처럼

촛농

。

그네를 타는데 자꾸 발이 끌린다
이제 휘파람이 나오지 않는다

。

나무가 바람을 흩날리며
휠체어를 끌고 가는 가을

。

너 없는 정원은 허물어졌으면 좋겠어
카나리아는 그림자 없이도
벤치를 떠나고

。

나무들의 엇나간 손뼉이 아스팔트에 쏟아질 때
구름이 너무 선명해 플라스틱 같을 때
형광펜으로 몰래 표시해 둔 네가 앉을 자리

。

후회가 북극에서 해결되었다면

북극은 특별시가 되었을 텐데
지금은 장갑을 끼면 견딜 만한 추위

。

서랍을 열면 지구본처럼 동그랗게
얼굴이 안으로 뻗어 간다
새벽은 스모키를 짙게 하고

。

창문을 활짝 열어 내 영혼이 갈 수 있게 해 줘요
다들 영원히 살 것처럼 바쁘게 오가네요*
카나리아 소리도 물소리도 아닌 것이
하얀 그림자를 가지고

* 로스비타 파홀레크(~2003. 3. 5)
기다려요 로스비타 파홀레크. 모르핀이 없는 곳에서 들으며 예쁜 무덤.

측백나무

가슴이 열린 채로 묶여 있었다
유약이 쏟아졌다
유약을 뒤집어쓰고 벽을 오른다 생각했다
누워 소변을 보고 누워 부모를 기다리며
누워 섬광을 수확하고
언제나고 눈을 뜨면 가슴이 열린 채로
묶여 있었다 누가 인간을 나무처럼 만드는지 알 수 없었
지만
나는 다만 일어나
실눈을 뜨고
푸른 간격으로 떨고만 있는 아이들에게
안대라도 씌우고 싶었다

나선형의 사람들은 저울 위에서 사라진다

당신은 왜 여전히 빈 의자에 앉아

이제는 빈 나의 접시만 바라봅니까

노인은
저 나무는
나의 할머니를 닮았습니까

애인과의 값비싼 점심이 부끄럽게

당신은 왜 여전히 빈 의자에 앉아 있습니까
발끝을 보며
그늘에 앉아

양산을 접는

접는 김에 그늘까지 힘차게 접어 버리는 당신은

내가 안 볼 땐 나를 보고

내가 볼 땐 코트 뒤에 무거운 꽃을 숨기는 당신은

왜 여전히 빈 의자에 앉아 있습니까

빈 신발 위에서 팔짱을 끼고 조는 당신은
흰 달팽이에 휩쓸려 사라지는 당신은

내려치면 떠오르는 태양과 함께

긍휼

그러니까 대체로 시금치를 데치는 저녁
그해 겨울 아비들은 모두 슬펐지요
자녀들은 침통을 쏟으며 집을 나갔고
노을엔 잃어버린 바늘들이 꽂혀 있었습니다
높은 침엽수처럼
넓은 침엽수처럼
천사들에게도 수목원이 있다면 그곳에서 길 잃은 낙뢰
들을 키우자 맘먹었을 것입니다
우체통에 기댄 소년이 붉게 터지건 말건 멀리서
신의 머리카락을 주우며
찬송가를 부르는 노인들
바람은 종종 아무 이유 없이도 겸허하게 붑니다
이유는 바람에게 없고 제게만 있는데도 말입니다
그러니까 대체로 시금치를 데치는 저녁
손잡이가 없는 잔을 쉽게 놓치던 저녁
사람이 없어 소리 지르지도 않았던 저녁
깨진 잔을 주우며 붉게 꽂히던 저녁
우산을 잊어 다시 집으로 들어가던 저녁

독주회

너는 언제쯤 우리라는 말 안에서 까치발을 들고 나갈 거니
내 시집의 번역은 죽어서도 네가 맡겠지만
너 말고는 그 누구도
아픈 말만 하는 시인을 사랑하진 않을 것이다
나는 먼 곳에서 오역들을 모아 편지를 만들 것이다
잘못된 문장들을 찾다 보면
우리가 측백나무 밑에서도 아무렇지 않게 이별을 견딘
이유를 알 수 있지 않을까
너는 아마 그때도 사랑이 오역에 의해 태어났단 걸 믿지
않을 것이다
나는 혼자서 불구덩이로 갈 엄두가 나지 않는다
나의 사랑하는 아버지 나를 홀로 두지 마소서 (이 부분
에선 네 얼굴이 함께 떠오른다)
나는 더 이상의 불을 삼킬 수 없습니다
매일 기도한다
지상은 춥고 외로운 지대라 믿었다 등고선을 이으며
슬픔은 직선으로 왔는데
그럴 때만 곡선이 되는 이유를 생각해 본다

우리의 얼굴은 참 구불구불하구나
어느새 낮아지고 높아지는지도 모르게 이어졌구나

2부

어항

1

문 닫은 박물관 앞에 앉아 죽은 새를 간질이며
전신으로 만나 흉상으로 헤어진 것들을 모아 본다

2

나무를 기울여 놓고 간 바다
신발 끈으로 발을 묶어 줄게 넘어지지 않게
나무의 등은 내가 숨어 앙상하게 지워질 수 있는 크기
사원을 떠나 밤을 향해 뛰어도 한 뼘

3

별똥별을 하늘로 반납하듯 폭죽이 터진다
기념일을 돌려주듯 홀가분하다
우린 같은 철로를 쓰는 열차처럼 마주친 적 없지만
가끔 길이 흔들릴 때 당신들은 살아 있구나 생각했다

4

침몰한 배 안에서 마지막 점심을 먹는다
수풀이 자란 땅이 그립다 파충류들이 모이자 나무라고
말하고 숨었다

수선화

1

엑스레이 기계를 안고 웃는다
의사는 모르겠지 내가 어떻게 웃는지

2

지옥은 내릴 수 없는 회전목마였다
나는 여러 번 어지러웠는데
의사는 아는 척하지 않았다

나는 내 등이 보인다

3

나는 나를 다섯 번 허물었다
그때마다 가볍고 하얀 얼굴들이 지나갔는데
모두들 반갑게 인사를 했다

4

빈방에서 나를 보지 마

5

호수를 걸어 나오는 열두 군단의 젖은 천사들
어깨에 햇빛이 묻어 있었다

집에 가는 꿈을 꾼다

6

내가 하얀색처럼 흔들린다

그림자

어젯밤엔 아편밭을 걸었다

쟁반 위에 램프를 쌓아 둔다
하얀 깃털이 늘어나는 새벽

파란 눈의 선교사가 내게 기도를 하고 갔다
그날 뒤로 나의 피아노 줄엔 젖은 반음계가 걸려 올라왔다

도화지의 바깥에 서서 북극에 대한 꿈을 키워 간다
아무것도 그리지 않을 때 나는 그들과 가까워진다고 생
각했다

어젯밤엔 아편밭을 걸었다

서서 지내던 친구들이 누워서 사라진다
오래 누워 있으면 조금 더 친해지는 거리
계속 걸을 수 있다면 모두와
유리창을 깨며
나눠떨어지지 않는 웅덩이에서 약속을 잡자

빻아 둔 별빛을 온몸에 묻히고 우주로 흩어지는 바람
토성의 고리처럼 친구들의 손을 잡고 집을 찾는다

공을 찰 때마다 발이 옅어지는 나의 친구들은
점선처럼 걷는다

노을

살인자들의 마을에 과수원이 생겼다 살인자가 살인자를 죽이고 산 살인자가 살인자를 죽인 살인자를 죽이고 엉킨 가지들은 던져 놓은 그물 같았다

석류가 웃돌았네

석류를 따 먹으며 살인자들만 부르는 노래를 엿들은 바람 과수원을 나올 때 팔이 없어진 바람

석류를 만지고 돌아오는 길엔 모든 것에 살기가 느껴졌다 과수원의 박동이 짐승처럼 움직였다 작은 짐승에게 무거운 돌을 던지며 과수원과 가까워졌다

명절이면 텅 빈 마을에 석류가 웃돌았다 명절이 지나고 사람들은 돌아오지 않았다 그 마을엔 식물을 키우며 난폭하게 늙어 가는 하늘이 있었다

액자에 산 사람을 담아 갔다

걷는 야자수

소파에서 떨어지면
걷는 것 같다

네모 밑 동그란 잉어
주화처럼
비가 내린다
모래들은 발밑으로 몰려들고

나도 사람인 적 있어

여자가 손등에 얹어지면
손금을 볼 때 여자가 사라지면
벌판에 많은 애인을 엎어 두면

태풍은 소파를 들고 이사 간다

지팡이를 꽂으며 가까워지는 구름
갓 말을 시작한 햇볕으로
말린 과육처럼
난간이 기운다

나의 투우사
── 식사 기도

누가 나의 투우사에게 소를 풀었나

붉은 헝겊을 걸치고 복사뼈를 땅에 묻고
움직이지 않는 나의 투우사

사람들이 발등에 망치질을 한다
저녁이 온다
소가 온다!

나는 이를 악물고 식탁보를 뺀다
저녁이 온다고
소가 온다고!

저녁은 눈두덩 위로 떨어지는 유황 가루인가
아니면 무릎 위로 떨어지는 붉은 스프인가

궁창을 찌르는 철탑
뿔이 관통한 그의 손바닥에서 빛이 터져 나온다

검지를 관자놀이에 붙이고 투우사의 구멍 안으로 달려
간다

페르산친*

나는 어제
주황색 크레파스를 씹어 삼키고 솟아난 동산
쳐다보지 마
유리가 될 것 같아
내 뒤엔 아무것도 없는데
사람들은
중년의 나를 왜 상상하지 못할까

나를 사랑한 여인들의 손가락이 잘렸다
나는 어제를 감당할 수 없게 되었다

가위로 잠드는 밤
삐져나온 앵무새는 앵무앵무
싹뚝
그건 엄마의 잠을 깨우는 네게 하는 마지막 경고

태양을 가질 수 없어 태양을 만들어야 했다
두 번째 태양은
뺨이 흘러 만들어진 촉감

나의 작은 분화구

커튼을 걷고

주황 기침

* 페르산친(persantin): 혈관확장제.

라일락

지진은 나의 배낭에서 시작되었다

엑스레이 앞에서 흔들리는 표정으로

숨을 들이마실 때

나도 좀 스마일

솜사탕은 달고 금방 사라지지

새것을 먼저 갖고 하얗게 무르익는 나는 너의 형

나의 생일에도 그랬고 너의 생일 때도 그럴 거야

하얀색만 두고 알록달록을 해체하는 것도 재미있게

옷장 속에 레고를 두고 오듯

비탈길 아래로 나의 마을을 버린다

집을 떠나며

내가 챙겨 온 짐

동생아 그만 태어나

모래시계를 뒤집는 심경

갈고리를 당기는 것이 맞다
뭍을 끌어당기는
흔들의자
동공이 뒤로 젖혀질 때

오선지 위 첫물과 함께
무릎을 굽히면 정수리가 쏟아진다
만개하는 큰북
발을 구른다 발을 구른다

두 플라스크엔 공평히 해일이 담겨져 있다
같은 역사
무리 지어 끓어오르는 뭍

눈을 감곤 방만 찾을 수 있다
분명 누가 방을 옮겨 두었다
점자가 솟아난다

걷기에 앞서

뒤로 쓰러지는 사람들
만개하는 큰북
발을 구른다 발을 구른다

사순절

웃을 일이 생기거든 이리 와서 웃으렴
설탕이 타는 냄새가 사라지면 노래를 마저 부르렴
탁자 위 꽃의 늑골을 누른다거나
강가에 떠 있는 천사들의 눈썹을 흘려보내지 말고
가여운 사월
가여운 사월
노래를 부르렴
내가 붙여 놓은 이름을 천천히 발음해 보렴
감당되지 않는 슬픔은 내가 보낸 것이 아니란다
스스로의 기도를 가혹하게 하지 말고
벽화를 지우며
또 하나의 벽처럼 서서 울지 말고
설탕이 타는 냄새가 사라지면
오븐을 열어
파이를 꺼내어 자르렴
나눌 수 있는 만큼 잘게 잘라
탁자에
강가에
올려 두고

꺼진 조명처럼

두꺼운 자물쇠가 채워진 강당처럼

차분하게 노래 부르렴

가여운 사월

가여운 사월

가여운 사월

거인의 잔디밭

트램펄린 위에서
높게
뛰다 보면
나의 자화상이 만져진다
자화상 밑엔
비둘기가 앉아 있다

예배당 밖엔
벽돌만 쌓아 두었는지
모두들 들었단 목소리를 듣지 못했네

자물쇠가 있는 것들은 열 수 있다는 희망
밀리지 않는 돌들

김이 나는 얼굴로
주일에만 풍선을 손목에 묶고
떠오르며 반짝이는 보석처럼

비둘기는 풍선을 쪼며

나를 트램펄린 위에
가두어 두었네

지혜로운 이슬과
트램펄린 위에서 튀어오를 때
기도는 그대로 있었네
눈을 감고 죄를 뛰어넘을 때마다
예배당이 자랐네

그 방에선 물이 자란다

세수를 할 때마다 흘러가는 기도를 아끼자 더 흘려보내기엔 세면대의 구멍이 작아

물속에 얼굴을 넣었다 빼도 나는 물의 미간을 그려 내지 못한다

거울을 보면. 숨이 차고

젖은 아스피린과 가 보지 않은 옥상이 보인다

오래 마주치기엔 서로 흐르고

대신 나는 이가 투명해. 표정을 잃을 때마다 사라지는 다리

골반까지만 반복되는 거울

잠시 엄마와 월요일이 사라진 것을 메모했다

그때는 아가미가 생겼다

침대에 누우면. 눈썹들이 쏟아지고

돌고래의 문장을 배워 본다

지느러미가 생기면

파도의 단추를 모두 채워 주고 싶다

스위치를 켜면. 물이 우르르 밝다
오늘이 짙고 밤이 숨차고
창문을 상상한다
방의 동공이 크다

비치발리볼

사랑
푸른 새를 터뜨리며 가는 구름
푸름 구름
구름 푸름

떠올랐었는데
날진 않았었는데
눈 감으면

파도를 박차고 솟아오른 그물
바람이 만져질 땐 바람을 넘겨야 하고

공들은 허공에서 알을 낳고
알을 깬 공들이
여러 방향으로 부리를 향한다

네트에 걸려 있는 해안가의 날개는
더 깊이 푸드덕거리지

손바닥에 공들이 쏟아지면
헤어지지 않으려 울기도 하였다

네트에 걸린 공들은

떠오른다

유기

박하를 던지고 무더워졌다

열쇠는 뾰족하고 우아하지

영원히는 지구에만 있는 말

주먹을 쥐었다 펴면

손바닥 위엔 연두 넝쿨

팔뚝이 젤리처럼 흔들린다

푹푹 나의 팔에 들어오는 너의 팔

우린 서로 팔짱을 끼고 같은 자리에서 으스러진다

휘어진 새장을 고치고 먹었던 쿠키는

네가 내게 보여 준 목성의 맛이었다

이곳의 중력이 이해되지 않는다

가볍고 향기롭다

나는 그곳에서 버려진 후 이곳을 고향이라 소개한다

마임

너보다 큰 인형을 끌고 간다

비탈 위로 저무는 저녁

신발을 신고

지혜의 이를 빼고

무서운 것들이 생긴다

너보다 큰 것은 없었는데

파쇄기에 구름을 넣고

비를 맞고

새 병이 생긴다

깨진 미러볼을 가방에 넣고

빛나는 등을 가지고

집에 간다

나는 문을 열래

등대

바람에 돋아난 척추

슬프지 않자
멀다

백사장을 떠나는 사람들은 모두 피서를 온 사람들일까

손톱의 뿌리가 바다와 맞닿아 있듯
뭍으로부터 떠나온 나는
어떻게든 벽을 향하고 잠드는데

벽이 멀어 꼭 벽이 없는 것처럼

모래를 신고 귀가하는 거북의 그림자
벽까지 간다는

손날로 쫓는 귀찮은 빛
나의 안부는 물 위에서만

코르사주

친구가 왔다
죽을 비우고 나간다
친구는 나의 코트 단추를 잠근다
고약한 언덕을 오르며
떠오르는 학교의 후문
넘어져 피를 흘리던
친구의 옷이 젖던 하굣길
우린 여전히 노을을 흘리고 닦는구나
입술을 오므리며
목도리 사이로 불던 휘바람
주머니 속 모과 한 알

3부

여름 정원

누가 내 꿈을 훼손했는지

하얀 붕대를 풀며 날아가는 새 떼, 물을 마실 때마다 새가 날아가는 소리가 들린다

그림자의 명치를 밟고 함께 주저앉는 일 함께 멸망하고 픈 것들

그녀가 나무를 심으러 나갔다 나무가 되어 있다

가지 굵은 바람이 후드득 머리카락에 숨어 있던 아이들을 흔든다 푸르게 떨어지는 아이들

정적이 무성한 여름 정원, 머무른다고 착각할 법할 지름, 계절들이 간략해진다

나는 이어폰을 끼고 정원에 있다 슬프고 기쁜 걸 청각이 결정하는 일이라니 차라리 눈을 감고도 슬플 수 있는 이유다

정원에 고이 잠든 꿈을 누가 훼손했는지 알 수 없다 눈
이 마주친 가을이 담을 넘지도, 돌아가지도 못하고 걸쳐
있다

구름이 굵어지는 소리 당신이 땅을 훑고 가는 소리
우리는 간헐적으로 살아 있는 것 같다

반도네온

아이들은 죽어서 그곳에 묻힌다

아이들이 어깨를 맞대고 커져 간 움집을 파낸다 아이들
은 죽어서 그곳에 묻히지만 나는 살아서 모종삽을 가지고
그곳으로 간다 아이들의 발톱에 모종삽이 닿을 때 나는 삽
끝으로 아이들의 심장 소리를 듣는다 모종삽 모종삽 그곳
을 파낸다 아이들의 발이 드러난다 발이 많다 그곳이 뛴다

바람이 얇은 커튼을 제치며 낙원으로 노를 저어 간다 잎
을 뚫고 팔분음표처럼 새들이 떨어지네 모자를 벗으면 어
둠이 커지고 그들의 어머니는 영원한 자장가를 부른다 모
종삽으로 솟은 발가락을 두드려도 평원은 하늘을 안고 움
직인다 어른들은 주머니 안에서 양초를 켠다 환한 노래들
이 밀려간다

자 마지막으로 아이들에게 박수를 치자*

* 아르헨티나에선 이승을 떠나는 자들에게 박수를 치는 장례 풍습이 있다.
  그곳에선 파랑새넝쿨이 자란다.

리시안셔스

눈을 기다리고 있다

서랍을 열고

정말

눈을 기다리고 있다

내게도 미래가 주어진 것이라면

그건 온전히 눈 때문일 것이다

당신은 왜 내가 잠든 후에 잠드는가

눈은 왜 내가 잠들어야 내리는 걸까

서랍을 안고 자면

여름에 접어 두었던 옷을 펴면

증오를 버리거나

부엌에 들어가 마른 싱크대에 물을 틀면

눈은 내게도 온전히 쌓일 수 있는 기체인가

당신은 내게도 머물 수 있는 기체인가

성에가 낀 유리창으로 향하는, 나의 침대맡엔

내가 아주 희박해지면

내가 아주 희미해지면

누가 앉아 있을까

마지막 애인에겐 미안한 일이 많았다

나는 이 꽃을 선물하기 위해 살고 있다
내가 나중에 아주 희박해진다면
내가 나중에 아주 희미해진다면
화병에 단 한 번 꽃을 꽂아 둘 수 있다면

바람
종이를 찢는 너의 자세

나는 기상청에 당신이 언제 그리울지 물어봤다가 이내 더 쓸쓸해졌다

즐거운 사람들이 많았는데 새벽엔 모두 사라졌다

도표를 그리거나 하며 곡예사나 갈대의 춤들을 창문에 가둬 두었다

급류에 휩쓸려 나부끼는 깃발처럼 우린 젖지 않고도 섬을 이해하지만

여린 눈들이 태풍의 눈이 되어 갈 땐 거울 대신 창고에 들어가 먼지를 가라앉힌 적막을 마주봐야 했다

함부로 나부끼며 울어서도 안 됐다 창고를 두들기는 사람들에게 찾을 것이 있다고 말하고 창고 밖에서 잃어버린 것을 찾는 척해야 했다

한낮에도 나의 문장을 훔쳐 가는 바람과 반대로 걸으며

가여운 마을과 댐을 뜯고 날아간 하얀 염소들의 새끼들을 돌보며 늙고 싶었다

창문으론 쉽게 얼굴들이 비치지만 문을 열고 나면 전쟁뿐이었다

1226456

별이 떨어진다면 당신이 있는 공간으로

네가 아침잠에서 깨어 방문을 열었을 때
천장을 뚫고 쏟아지는 별들

난 그 별을 함께 주워 담거나
그 별에 상처 난 너의 팔을 잡아 주고 싶었다

지나 보면 역시나 난 할 줄 아는 게 없었는데 너에겐 특
히나 그랬다

조용히 밥을 먹는 너보다 더 조용히 밥을 먹으며 너를
고요하고 불편하게 만들었다

나의 고요한 아이야, 가끔은
시끄럽게 너와 선루프를 열고 소리를 지르고 싶었다
정적이 찾아올 때
벌거벗은 나의 등을 안아 주던 게 생각난다
너는 작고 나는 포근했다

우린 오래오래 안녕이지만 오래오래 사랑한 기분이 든다

네 머리를 쓰다듬고 강에 뛰어들고 싶다
오래오래 허우적거리며 손의 감촉을 버리고 싶다

한 행성이 내게 멀어져 간 것은 재앙이다
네가 두고 간 것들을 나만 보게 되었다

너를뭐라불러야할지모르겠다

발라드

신발은 어두운 곳에 가 사춘기를 보낸다
현관에선 어른처럼 선다

별자리를 알면 선분이 보이지만 이어지지 않는 것들은
더 슬퍼져

천문대에 갔었다

귀를 만지면 불어나는 은하수처럼
케이블카를 타고 광해를 걷고 망원경으로
먼 신발들이 모이는 둥그런 현관으로

등은 더 창피하고 얼굴보다 상쾌하지 않다
신의 등엔 내 별자리가 미리 가 있겠지만
천문대에서 내려오면 환한 벌레들이 등 뒤로도 뭉치지만

새벽이 되면 오늘과 내일을 착각한다
망원경에 내려앉은 벌레들의 맥박처럼 신발은 흔들린다

석회
그러니까 내가 원하는 건 얼지 않는 모스끄바*

이불이 흐리게 걷힌다
보르시가 끓고 있다
몽유병에 걸린 구름은
웅덩이처럼 도망갔다
꿈에선 자주 뛰어내렸다
하지만 발이 상한 건 차가버섯이 자라는
하얀 자작나무
식탁 밑엔 리넨처럼 창백한 아내
굳은 걸까 언 걸까
움직이지 않는 매일의 산책
신발 벗기가 무서웠어요 발가락 없이 발만 나올까 봐**
누가 촛대에 달을 걸어 놓았습니까
딱딱한 입김의 굴뚝
촛대에 꽂아 둔 하얀 달
끓고 있는 보르시
귀에 솜을 넣고 현관을 나가는 아내

* Дорогая челист Маша

** Маша, почему ты стала несуществующим человеком

숲*

연필을 깎을 땐
숲이 슬피
우는 소리가 들린다
촛불만 봐도
아이 현란해, 방으로 들어가는
촌스러운 아가씨를
밤은 쓰다듬어 준다
달까지 가지를 뻗는 나무
그것은 구름의 다른 말
하얀 나무를 볼 때면
하늘에도 숲이 있다고 믿었다
눈이 쌓인 당신의 방 앞
마당에 세워 둔 그릇 가득
눈이 쌓일 때
나의 따뜻한 여인아
바쳐 드릴게요 이젠 잊고, 마시오
서로를 외롭게 바라보고
그리워도 연필을 깎지 말고
아이들과 누워

작고 희귀한 질문에 대답해 주시오
연필을 깎을 땐
아버지의 목소리가 들린다고
말해 주시오

* 나의 할아버지가 할머니에게 보낸 러브레터.

숲 2

할아버지는 숲에 행갈이를 해 놓으시고 떠나셨네
사람들은 그것을 공원이라 불렀네
할아버지는 엄청난 시인이셨네
그래서 아버지를 시인으로 만들고 싶지 않았네
그래서 아버지에겐 숫자만 가르쳐 주셨네
대를 건너뛰어 내가 시인이 되었네
공원을 걸으며 연갈이를 연습해 보네
얼굴도 보지 못한
할아버지의 영혼이라고 추정되는 조용한 조깅
공원을 맴도는 사람들 중 몇은 사람이 아니네
행갈이와 연갈이를 할 줄 아는 사람은
발자국을 모두 믿지 않네
저 중에서 진짜 발소리만 듣네
나는 행갈이를 물려받아 연갈이로 승화시키기 위해 시
인이 되었네
이것은 예쁜 가업이네
공원을 걸으며 할아버지의 행갈이를 묶어 보네
한 번 더 건너뛰네
아들에겐 나를 물려주지 말아야겠네

아버지를

　가르쳐 줘야겠네 우리 집안의 가업은 공원에서 만나 우
리끼리만 알고 헤어지는 조깅이라네

나 너희 옆집 살아

난 너의 옆집에 살아 | 소년이 되어서도 이사를 가지 않는 난 너의 옆집 살아 | 너의 집에 신문이 쌓이면 복도를 천천히 걷고 | 베란다에 서서 빈 새장을 바라보며 | 새장을 허물고 사라진 십자매를 기다리는 난 | 너의 옆집 살아 | 우린 종종 같은 버튼에 손가락을 올려놓고 | 같은 소독을 하고 같은 고지서를 받고 같은 택배를 찾으며 ‖ 안개가 가로등을 끄며 사라지는 아침 | 식탁에 앉아 처음으로 전등을 켜는 나는 너의 옆집에 살아 | 이사를 오며 잃어버린 스웨터를 찾는 너의 | 냉장고 문을 열어 두고 물을 마시는 너의 옆집 살아 | 내가 옆집에 사는지 모르는 너의 | 불가사리처럼 움직이는 별이 필요한 너의 옆집 살아 | 옆집엔 노래하는 영웅이 있고 자전거를 복도에 세워 두는 소년이 있고 국경일엔 태극기를 올리는 착한 어린이가 있어 ‖ 십자매가 날개를 접고 돌아와 다시 알을 품을 수 있도록 | 알에 묻은 깃털을 떼어 내지 않는 | 비가 오는 날에도 창문을 열어 두는 나는 너의 옆집에 살아 | 복도의 끝에서 더 긴 복도를 만들며 | 가끔 난간 위에서 흔들리는 코알라처럼 | 난 너의 옆집 살아 | 바다의 지붕을 나무에 새기며 | 커튼을 걷으면 밀려오는 나쁜 나뭇잎을 먹어 치

우며 | 같은 난간에 매달려 예민한 기류에도 함께 흔들리
는 난 | 난 너희 옆집 살아

식빵

나는 손금엔 없는 사람이 돼요 그러니까 엄마, 바람 속
에 이스트 오 그램을 넣어 주세요 블라인드를 올리고 십자
가에 걸린 토끼를 상상하는 것만으로 이 病이 사라진다면
깡충깡충 회개의 어조도 귀여운 의성어 정도로 해결된다
면 나는 오랫동안 일곱 살일 수 있어요 배꼽은 원죄의 표
식이었나 봐요 밟은 사람도 없는데 배꼽이 부어올라요 전
기도만 하고 싶은데 금식을 하라는 사람들 때문에 깊어지
는 링거를 보며 금식 기도를 시작해요 걷지 않아도 기계가
나의 창법을 따라 해도 띠띠 그림자의 무게를 느낄 수 있
어요 침대 밑으로 떨어지는 아이를 보는 것만으로 나는 쉽
게 어른이 되는 기분이지요 면회가 미뤄지고 오랫동안 천
장이 가까워질 때 나는 더 이상 성장할 수 없을 것 같지만
나는 모르핀 앞에서도 식빵처럼 자라나는 외출을 상상해
요 숨 쉴 때마다 부푸는 기척 면회 시간이 오고 뚱뚱한 바
람이 불지요

그녀가 죽고 새벽이 십 센티미터 정도 자랐다

서랍을 여는데 서랍이 깁니다 차곡차곡 바람을 꺼내어 헝클어, 떨어뜨립니다

누나는 오랫동안 럭비공 흉내를 냅니다 출렁출렁 굴러다니는 비밀

투명한 커튼 앞에서 훌렁 그림자를 벗었습니다 누나와 나는 그때부터 그림자가 없었습니다

이름과 지름을 몰라 떠다닌 그때 누나와 나는 그림자를 벗고 키가 자라기도 했지만

다시 그림자를 가질 수 있다면 손으로 검은 나비를 골목마다 떨어뜨려 봐야지

깊은 풍선을 가지고 나의 길 밑으로 당신의 길을 빠뜨리며 가야지

(이이이이만치) 손가락을 벌리면, 보이세요? 당신이 세상에

낸 구멍 그곳으로 키가 자란 새벽

달이 자라고 있습니다

나는 왜 고궁을 주인처럼 걸었는가

대답 대신 고궁을 걷기로 한다
새들이 나무와 하늘 사이에서 포르르 끓는다
어리석은 사람들은 왜 더 오래 생각나는 걸까
누워서 생각나는 사람들은 모두 어리석었다
하지만 감정에 굴복하고 싶지는 않다
그것들보다 멀찌감치 걷는다
나는 너무 가벼워 痛風에 걸렸다
바람 통증
나는 집이 없다
나무가 가벼워지고 있다
옷이 무거워지고 있다
나는 주인은 없고 손님만 있는 이 성스러운 폐허에 갇혀
날이 저물 때까지 살기로 다짐했다
열매는 모두 달콤하진 않다
은행나무 위 새들이 한 번 더 포르르 끓는다
봉투를 뜯어 머리 위로 턴다 진눈깨비가 내리는 밤
나는 단호하게 머리를 털며 걸었다 주인처럼 걸었다

퇴원

우린 깨진 컵으로 만들어진 구름, 호수 위를 날아가는 새의 얼굴이 보인다 아이들은 바람의 맛을 닮고 계단을 딛는다 날 수 있을 것 같다

뜨개질을 해 놓으면 아이들이 뛰어온다 침대 위에서 전나무를 오래오래 키운다 전구로 익어 가는 아이들, 우린 울리지 않는 종을 매달고 즐겁게 메리크리스마스! 아름답게 이불을 덮는 날

눈이 부서 낮이라 불리는 과일, 레몬을 짜는 시간, 눈을 감고 문을 연다 놓아줄게 베개 옆으로 기운 연못, 동그랗게 떠나는 나의 작고 시큼한 아이들

거대하게 부푸는 의자 공장으로 가는 길, 너희들만 웅성거리는 골목을 찾는다 어느 곳에 앉아도 용서받을 수 있는 마을, 깔깔대며 떨어지는 너희들의 스케치북

너희들의 섬은 욕조 안 두 개의 무릎이다 물에 사다리를 빠뜨린다 다리 사이로 디곡신*을 길어 올리는 사람들, 디

곡신 디곡신, 이것은 백 년 만의 폭설입니다 식탁 위에 하얗게 쌓이는 눈 눈,

눈이 녹고 손목이 가늘어진다 혼자 어른이 되는 게 죄를 짓는 일 같다 유리 가득, 울지 않는 아이들의 발꿈치

* 디곡신(digoxin): 강심제.

매립지

하나의 몸통에 여러 다리들이 붙는다, 지네처럼 여러 다리들이 슬픔을 만든다, 나는 스스로를 푸른 지네라 불렀다, 발자국만 남고, 표정은 남지 않는 이상한 채도의 등을 나는 푸른 지네라고 부를 수밖에 없었다 다리를 쓸 수 없었던, 적이 있었다 오랫동안 누워 누나의 환청과 정강이를 깎아 내는 아이들의 흰 소리를 대신 들었다 그것이, 환청인가 환각인가 그러니 푸른빛이 나는 등에, 날개를 달아 준다면 허공에 수없이 허둥대는 다리들을 올려다본다면, 우린 그것을 비라고, 볼 수도 있을 것이며 궁창을 향해 날아가다 빈 언덕으로 쏟아지는 화살 같은 것이라고, 볼 수도 있을 것이다 너는, 양발을 잃었다 나는, 너를 잃었다 나는, 양발을 잃은 너를 잃었다 하지만 내겐 양발이, 있었다 어디까지고 기어 들어갈 수 있을 듯, 내 하나의 떠오른, 내 하나의 떠오른 몸통에, 여러 다리들이 달라붙었다

자명악

눈을 뜨면

지나간 애인이

나를 비웃고 있을 것이다

침묵 속에서 용서를 기다리는 일이 두렵다

애인은 내가 커다란 소란을 부려야만 안아 주었다

피아노를 쳤다 음이 높아질수록 오른쪽으로 기우는 문턱

연못까지 기울었다가도 다시 올곧아지는 너의 등을 보며

내가 해친 너의 속성을 깨닫는다 누워 있는 벽

철사를 두드리면 늘어나는 애인의 가슴

덮개를 당기면 인기척이 들린다

너는 어디서건 음계처럼 앉아 있을 것이다

하지만 나는 피아노를 마주하고

부서진 혼례를 마주하는 일을 하고 싶지 않다

당신은 앞을 보라고 했다 눈을 뜨면 언제나

보일러가 꺼진 방에서

이상한 음악이 연주되고 있었다

건반 위에 두고 간 유리알들을 세어 본다

창백한 화전민

1

너는 마지막 길몽이었다 네가 사라진 후 내게 그런 일들이 일어났다 너는 미리 일어나 버린 일

2

번지는 얼굴을 본다

우리가 가꿀 곳은 불이 가닿는 만큼

3

당신은 왜 나의 거실에 함부로 들어오는가
겨울이 시작된 곳으로 여름의 나를 함부로 데려가는가
그곳에서 여전히 죽은 나를 꿈꾸는가

4

도자기는 자주 깨지는 가구다
고정된 가구는 없다

5

어디까지가 불의 웅덩이인지
불이 번지는 눈썹까지인지
나만 황홀했던 잠자리까지인지
끔찍하게 절뚝거리던 다리까지인지

6

여전히 당신은 아름답다
나는 부끄럽고 슬퍼진다

붉은 광장

붉다 라는 말이
소년의 나라에선
아름답다 라는
말로도 쓰인다
나를 보는 소년의 눈이 그랬다
그리도 참혹하게 빛날 수 있는 것인가
묻고 싶었다
매섭고 얕은 발자국을 피해 다니는 것
나는 그것을 춤이라 칭하고 있다
요란한 사랑은 너무나도 조용하게 사라진다
쉽게 우는 사람은 쉽게 슬픔을 잊는다
식물원에서 태어난 나무들은 뿌리가 깊지 않다 그러나
발을 잊고 광장으로 모이는 소년들
굳건하고 청결하게
소년들은 우뚝 서 있었다
지휘대로 움직이지 않아도 아름다운 발을 보았다
그리도 참혹하게 빛나는 눈을 보았다
마지막 태양이 소년들의 눈에 나눠 박혀 있었다
크라스나야

크라스나야

붉다와 아름답다 중 무엇을 먼저 떠올려야 하는지 몰랐다

노를 젓자

　　우린 지난밤 방파제 위에서 고국엔 없는 찬송가를 불렀다 방향을 찢는 배를 빌렸다 방파제 앞에 몰려 있었다 기체는 어느 쪽으로도 쏟아지지 않았다 날이 차도 봄은 오네 점토들이 움직이지 않는 곳 그러니 굳지 않는 나의 친구여 발이 세계인 나의 친구여 휴전선으로 가자 밑줄을 긋자 밑줄보다 내려온 글씨 해안선을 넘은 손들 세면대가 넘친다 바지가 젖지만 우린 물을 끌 수 없다 손이 없다 그러나 휴전선으로 가자 신발을 신고 발이 신발을 따라가듯 배 위에 물들이 넘쳐 나도 그래도. 더 많은 밖을 보았던 때가 있었다 하지만 해변은 왜 우리에게까지 닻을 내리지 않았을까 휴전선을 찢고 밤마다 둥지를 옮기는 새 밤마다 방파제를 넘는 짐승들. 친구여 그러므로 북방한계선으로 가자 춥고 먼 곳으로 노를 갖고 모이자 휴전선으로 휴전선으로 휴전선으로. 노를 저을 사람들이 오고 있을 것이다 젖은 손을 털며 사람들이 오고 있을 것이다 노를 방파제 위에 찍으며 노를 방파제 위에 찍으며

4부

6

밤이여 너는 왜 정문을 놔두고 유리창으로만 들어오려
하는가
부딪쳐 떨어지는 자녀들을 두고 왜 홀로 유리창 안으로
들어오려 하는가
너는 왜 나를 찾아와 함께 가자 하는가
어두워지는 또 하나의 사람이 풍경이 유리 한가득 비칠
때 너는 왜 모르는 척하는가

세이지를 태운 후 재로 방바닥에 크로키를 그렸다 그녀는

지옥엔 더 아름다운 무지개가 있다고 하였다
그리고 그곳엔 더 아름다운 말들이 달려오고 있다고 하
였다
성스럽게 성스럽게
사납게 사납게
말굽에 묻은 천사들의 머리카락을 털며

하지만 지옥엔 나만 있다고 하였다

성스럽고 사나운 말의 등에 탈 사람도
더 아름다운 무지개를 만질 사람도 없다고 하였다
우린 천국이었지만 둘 중 하나만 사라지면 지옥이었다
내 마지막 청각의 역사

나는 귀를 뜯으며 스스로 조용하라고 말하고 싶었다

수많은 솜들로 피를 건져 냈지만
강은 푸른 피부를 잃었다
피 흘린 자 많아 붉게 붉게 검붉게 검붉게 검게 흐르던 강
부족의 마지막 전투가 있던 검은 강
비명도 아이들이 버려 놓은 솜도 희게 검게
처절하고 아름다운 말
그녀의 입에서 젖은 얼굴로 뛰어오르는 말
성스럽고 사나운 말

난 깨진 토기에 고기를 놓아주었다
새들은 깨진 토기 위에서 고기를 쪼았다
붉게 차오르는 하늘

채식을 하기엔 그것들은 너무 아름다웠다

길몽을 꾸지 못한 것들은 죽어 갔다
아름다운 전투를 위하여

서사는 발톱에서 시작되었다
포드득포드득 문 앞의 작은 날갯짓
포드득포드득 문을 열면 무채색의 카나리아
감탄사로 묶이긴 아까운 소리 카나리아

나는 너를 사랑해
내가 네게 명명한 폭력

횡격막에서 뿌리를 뽑으며 걸어 나오는 소리
기도를 빠져나오는 거대한 뱀처럼 나무들이 흘러나와

선의를 베풀수록 왜 난 자꾸 죽을 것 같지

사 놓은 초를 모두 쓴 후로는 벽을 뜯어 불을 피우기 시

작했다

이가 날카로운 것들이 내려온다 문을 걸어 잠그기 시작
했는데

어둠이 지속될수록 벽이 사라지고 있었다

언덕 위엔 죽은 달들이 누워 있었네

검은 강이 우르르르르

벽엔 아무것도 그려져 있지 않았다

나의 모국

언덕 위에 나처럼 죽은 달들이 수북하다

쏟아진 얼굴들 사이로 그들이 식물의 말을 하고 있다

그녀의 손이 잘린 무지개들을 스스로의 배에 심고 있다

언덕이 나를 회색 나무로 떠민다

나의 무지개로 만든 회색 나무가 크다

그것이 나를 떠안고 있다

나는 이곳이 된 그곳에 누워 그곳이었던 이곳을 두려워

한다
내가 얼굴에 잠긴다

사람들은 믿지 않았지만 나는 당신을 기억하고 있다
태초의 움집에 대해 나는 알고 있다
나를 배 안에 넣고 죽은 당신을 알고 있다

아이를 배 안에 넣은 여자들은 왜 부자연스럽게 노래를
부르는가

신이 나를 잠시 잊었던 순간

처음으로 사진기 앞에 선 우리들의 멸망사
하나 둘
커다란 언덕

2

붉은 두건을 두르고
나는 뻗어 나가네 산양처럼
폐는 얼마나 팽창해야 구름이 되는 걸까

철창을 두드리며 생각하네
지금 여긴 우리가 아니네 스스로 문을 열면
아무도 나를 쫓아오지 않는 고원

천막을 찢으며
파란 입술 붉은 피
정해 준 기록
집은 멀어지고
수저를 찾지 않는 사람들은 둥글게
덜어 내야 하는 것들이 있다면

난 왜 헌금을 동전으로 냈었을까

종유석

해방된 식물들은 천장 너머에서 산림을 이룬다

어미 새가 하늘에 있다
움직이는 열매
손을 뻗는 작은 알

차가운 수저가 이곳을 휘돌고 가면 영혼은
하나의 맛처럼
액체처럼
더 가늘어졌다
이불과 커튼도 함께
덤불처럼

바닥에 가라앉은 나를 휘젓는 것들은 분명 있었다

머리만 내밀고 네 발을 힘껏 내딛는 뭍짐승처럼
열심히 움직여도 나아가지 않는다
나는 하늘을
어미 새를

보며
잠긴다

떼쓸 곳이 없어 의젓해진다

등에 쇠가 달라붙으면
팔꿈치가 쏟아진다
공간을 의심하기 전
흰 나무의 팔꿈치들이 나를 천장으로 데려간다

서커스

나는 그런 친구가 많다
던진 칼을 온몸으로 받는

그래도 살아서 내게 나타나는 친구

숨이 앞니의 뒷면까지 차오를 때
서로의 그림자를 가방에 대신 훔쳐 담으면
친구가 될까

다행히 나는 그런 친구가 많다
공중으로 솟구쳐 오래오래 폭죽처럼 나를 놀리는

박수를 치고 나면
슬픔은 찾아온다 환호하면 사라지는 친구들
그들을 대신하는 것은 항상 쑥스럽다

무대에 올라가기 전 친구는 바나나를 먹었다
칼을 받기 전 하얗게 벗겨지던 친구
기다란 껍질이 어디쯤 버려졌는지 모르지만

친구는 하얗게 칼을 받았다
곡예를 하지도 멍청하게 웃지도 않았다
서 있었다
사람들끼리 박수를 치고 사람들끼리 웃었다
우리만 심각한 표정으로 죽어 갔다

나는 그런 친구가 많다
나는 그런 친구가 된다

수컷

나는 스스로를 여자라고 부른다 애인의 가슴은 어젯밤 내가 모두 빨았다 하지만 나는 도덕으로 살고 있다 가슴을 깎아 내리면 연필처럼 검은 젖이 나온다

점괘를 믿는 것을 애인의 부족에선 도덕이라 칭했지만 나는 정해진 불행은 믿지 않는다

하나둘
나는 애인에게 걸음마를 배운 것 같다 그녀의 젖을 빨고 어깨를 펴면 엽록소가 흰자에서부터 분열한다 걸어 나갈수록 숲은 궁금하다

그 뒤로도 나는 머리를 땋는 사람들의 젖을 함부로 물었다
애인은 내가 가장 싫어하는 여자에게도 젖을 물렸다 애인은 작아진다 나는 사라진 애인에게서 여자를 물려받았다

팔레트나이프

구르는 것들은 주사위 속으로 사라진다

분수가 솟구칠 때
그 밑으로 날아가는 장난감들

아이들의 얼굴 위에서 휴지는 녹지 않으며
의자 위 부모들이 굳건해진다
운이 좋게 설탕만 마르고 있다

너의 차례엔
분수가 멈춘다
아이들이 멈춘다
원으로 도출되던 식물들도 멈춘다
물 밑에서나 수다가 시작되는 이상한 우정

잔에 남은 설탕을 부어 놓고 나갔다

티셔츠의 밑단을 비틀기 전
볕이 나를 향해 누울 때

물들의 계단
구름
가끔의 베란다

칼이 지나가면 새로운 도형을 내뱉는 채소처럼
블라우스를 벗어 두면 애인이 나 대신 베개를 보는 것처럼
닫힐 때만 검은 팔레트는
밤을 부러뜨리며 닫히는 소녀들의 병실처럼

물을 정돈한 사람들은
나쁘다
나무들이 가운을 벗는다

기억하는 악몽
— 라넌큘러스

폐광을 떠돌던 소녀
그렇게 태어난 건 누구의 죄 때문이 아니다
하지만 죗값을 치르고 있다
나는 폐광의 문을 닫는 소년
안녕 작은 슬픔
넌 어디에 있다 지금 태어난 것처럼 왔니
다시 숨바꼭질을 시작하면 안 되겠니
고요한 장롱 속에 숨으렴
모두들 너를 잊고 갈 거란다
문을 열수록 갸륵해질 거란다
어느 장롱 안에서도 어른이 될 수는 없다
난 이 꽃의 꽃말을 병약한 첫사랑이라고 부를 것이다
난 얼마나 많은 불을 놓던 사람이던가
고요하게 피어나는 것들을 의심한다
애인에게 온 편지,
행복하니까 두려운 것들이 생긴다.

망루

　채광창이 깨지고 더 많은 설원이 생겼다 방 안으로 눈이
온다 커다랗게 밤이 온다

　앵무새에게 너를 용서한다 라는 말을 가르쳐야 한다 앵
무새가 울타리 밖으로 날아가 언젠간 너를 만나 너를 용서
한다 라고 말하면 너는 그 자리에 앉아 나를 생각할까

　이방인 그것은 거푸집 밖에서 나를 기다리던 인사 나는
거푸집 밖으로 나가 너를 찾으며 유목했다 그사이 거푸집
에서 이방인들이 태어났다

　그림자는 왜 나보다 더 빨라질까 거푸집을 나온 순간
모든 것이 다 한복판이 됐는데도 나는 왜 자꾸 도망가고
있을까

　조금 더 작았다면 나는 땅속에서 살았을 거야 채광창이
깨지고 더 많은 설원이 생기고 이방인들이 너를 찾는 나를
쫓고 눈이 온다 커다랗게 밤이 와도

붉은 염전

.

아버지라고 부르던 사람들과 우리는 친분이 없다 그것은 허망한 일이지만 우린 이름을 얻는 것이 싫다 당신들의 가계에서 벗어나는 일을 우린 목표로 삼았지만 우린 용돈을 받고 혼자가 아니다

.

우린 너무 많다고 생각했어 하나의 바퀴 위에서 함께 발을 구르기엔. 우리의 도로는 왜 붉게 남는 것일까 누가 냄새를 맡을 수 있게

.

빗금을 넘으면 언제까지 기쁠 수 있을까 넘어간 후 생각하기엔 우린 너무 똑똑해졌다 똑똑해지는 건 미리미리 걱정되는 것

.

운전을 할 땐 어른처럼 말한다 문을 열고 손을 내민 사람들을 따라 한다 왼손은 날개 같고 자꾸 짠맛이 생긴다 석양을 찾아 흩어지는 기체들

．

　과속을 하며 왼팔을 날린다 빗장뼈가 빠져나간다 얼굴
이 귓불부터 빨려 나간다 오른팔만 핸들을 잡고 있다 뒷좌
석에서 못 내리고 벌벌 떨던 우린 붉어 응고한다

．

　집이 타고 나야 멀뚱히 우리가 발견된다 우리가 각자의
우리를 찾아 우리 속으로 들어간다 집은 멈추지 않고 하늘
은 작다 처음으로 너라는 말을 쓴다

血

붉은 주전자가 있다

창문을 열고 밑을 내려다보면 기운다 방이 한쪽으로
내가 거울까지 허공이 입김까지

투명한 비탈끼리 부딪치며 생긴 뿌리들이 서랍 안으로
뻗어 가면
일요일이 멈춘다
나는 서랍 안에서 서랍 밖을 생각하며 자란다

가지가 전선을 넘어 자라고 화단이 심장까지 올라오면
한 발자국 더. 를 외치며
차례를 기다리지 못하고 불행은 모두 함께 껑충껑충 웃
자란다
찻잔 안에서 숨을 고른다

구름과 새들이 부딪칠 때마다 눈이 내린대
허공을 디디며 뛰어 올라가는 새들
발자국이 쏟아진다

제 몸에서 석양을 떼어 준 것들이 옆으로 날아온다
오려진 것들 쪽으로 저녁이 옮겨 내린다
찻장을 열면 화단이 쏟아진다
주전자 안에 있는 것들이 쏟아진다

나는 작년까지 크리스마스로즈를 주로 버렸다

백야

아버지가 우물에서 태양을 길어 오신다

화분을 비워 내면서 먼저 늙는 아들
그동안의 밤은 모른 척할 수도 있었겠지만

흡사 그것이 얼굴일지라도 발작적으로 비워 내며
밤에만 일어나 마루를 돌아다니는 나의 지루한 전적

그동안의 밤은 모른 척할 수도 있지만 적어도
야위어 가는 건 나로 인한 어머니였으므로 악
소리는 나의 것이지만 그 뒤의 것은 방 밖 가족들의 것
이었으므로
누나는 내 방문을 두드리거나
긴 외출을 하는 것으로 걱정을 대신했는데 아버지는 그
러지 못했다
두드릴 때마다 두꺼워지는 나

생업을 그만두고 커다란 양동이를 이고
조상들이 닦아 놓은 목을 따라 걸어 들어갔다

그때 내가 악
소리를 내지 않았거나
누나가 내 방문을 두드리지 않았거나
엄마가 모르는 척 잠이 들었다면
아버지는 밤에만 살아도 괜찮았을 테지만

화분은 물을 주는 사람들 대신 나를 닮았다

창문 밖으로 해가 지지 않는 밤이 와
나는 창문 밖으로 몸을 빼고
그동안 숨겨 두었던 토마토를 던지며
아버지를 불렀다
지금은 낮이라 믿었다

메니에르

자고 일어나니 누군가 나를 미러볼 안에 넣어 두었다
계절을 따라 함께 움직이던 새들이 나를 끌고 빙하로 움
직인다

단, 펜치로 허공을 자르며 어머니는 오고 있다

나는 어머니를 기다리며 순록들의 뿔을 손가락으로 이
어 본다 그것이 이 행성에서 기억할 수 있는 마지막 별자
리라 생각하며
자전하며 날개를 버리며

자고 일어나니 누군가 나를 앰뷸런스 안에 넣어 두었다
천국으로 가고 있는 나의 침대

일어나면 발밑에 방이 어지럽게 흩어져 있다
천장 가득 빙하가 열리고
몸을 일으키면 다리는 사라진다

나는 이곳에서 멈춰 새들을 궤도 밖으로 던지고 있다
단, 어머니는 나를 깨우고 있다

횡단

오늘은 안개를 담은 화병을 던진다
배달부가 집마다 화병을 던지며 간다

작은 새들이 화병을 쪼아 터뜨리고
그 곁으로 계단이 펴진다
밑으로 밑으로 내려가다 보면
올라가게 올라가게 되는

소녀는 침대에 누워 시드는 꽃에 대해
자신은 아직 꽃잎으로 범람해 본 적 없다며
탄광 같은 심장을 꺼내 보였지만

화병이 깨지면
화병이 깨지면
거즈에 묻은 붉은 새
날아오르는 몸
화병이 깨지면 사라지는 소녀
 지붕을 이고 하는 불현듯, 이란 단어는 꼬리를 자르고
사라지고

모아 온 화병을 유리 밖으로 모두 던진다
놀란 새들이 유리 안으로 들어온다
화병이 깨진다
화병이 깨진다
산책을 하는 사람들이 우리를 본다
소녀가 걷는다
셀라

기둥 안에서

창은 기운다 하지만 찌르진 않았다

관절을 잊어 가는 뱀
내 안에서 혈액이 쏟아져 나올 때
차분하게 빨라지는 것들
날카롭게 하늘

창은 기운다 하지만 찌르진 않았다

동상이 입으로 떨어진다
포크를 줍는다
사람들이 소리와 함께 탁자 밑으로 기운다

창은 기운다 하지만 찌르진 않았다

베일을 찢고 튀어나온 죽은 사람들의 이를
다시는 창이라고 부르지 않는 것처럼

나를 누르며 가는 금속들을

다시는 창이라고 부르지 않는 것처럼

창은 기운다 하지만 찌르진 않았다

야윈 이웃들이 나를 교훈처럼 살게 했다
온화한 카펫처럼
입을 닫고 부풀고 있었다

성에

그는 강둑을 걸어 다녔다 우린 멀었지만 숨소리를 들었
다 물소리가 컸다

그는 강둑을 걸어 다녔다 오는 것인지 가는 것인지 알
수가 없었다

그는 강둑을 걸어 다녔다 나는 강둑을 보고 있었다 물
은 멀었지만 나는 젖었다

강둑을 걸어 다녔다 무른 손톱들이 나를 긁는다 단단한
몸이 젖어 뜯겨 나간다

첨벙첨벙 강둑을 걸어 다녔다 강둑이 없는 곳에서 강둑
을 걸어 다녔다

강둑을 걷는다 호흡기에 입김이 찬다

꽃

언 강 위에서 춤을 추는 나의 할머니

화환
— 대신하여 움직이는 작은 천국

내가 사랑하는 사람이여 다행히도 우린 순조로와요 너무나도 순조로와요 뒤집혀 있는 덤불. 흙이 얼굴 위로 몽오리질 때도 우린 순조로와요 너무나도 순조로와요 잃어버린 기타는 없어요 하나의 영토에 하나의 노래가 도착한 어제. 비가 오고 지붕은 번잡해지지만 식탁 밑엔 두 발이 더 생겼어요 핀셋이 벌어지고 나무들 사이에 동물들이 끼어 있어요 모든 건 나약함 때문에 촉발된 일이겠지만 나만 왜 사람들이 미워지나요 당신은 서운하다고 말한 적 없고. 액체처럼 뱀이 나를 감쌀 때 한입에 어디론가 사라지지도 못하면서 몸을 둥글게 하는 오두막. 대문을 열어 주는 사람이 사라질 때도 밤새 흙이 튀어 오를 때도 어디선가 횃불이 솟구칠 때도 우린 알콜 솜을 꾹꾹 누르며 살아 있어요 팔찌를 채울 때나 보는 손목. 푸르게 번지는 덤불

쌍둥이

.

정물화는 형이 몰래 움직여 실패했다

우린 나란히 앉아 닮은 곳을 찾아야 했는데

의자에 앉아
의자 위에 있는 우리를
보는
의자들 의사들

세모로 자라는 지문을 사포질하고

형과 함께 배 속에 있었다 생각하니 비좁았다
엄마는 괴물 같은 새끼가 두 개나 있을지는 상상도 못했다
구멍을 나갈 때 순서를 정하는 것 또한 그러했다

우린 충분히 달라 더 잘할 수 있을 것 같았는데
나만 주목 받는 것 같다
그는 여전히 중환자실에 누워 병신같이 나를 올려본다

나란히

함께

그것은 월식에 대한 편견이다

모르핀을 맞지 않아도

불을 켜면 자꾸 형이 보인다

통각(痛覺)의 가능성

김행숙(시인)

1

성동혁은 여섯 번째 몸으로 이 첫 시집을 썼다. "여섯 번째 일들이 오고 있다"(「6」). 생사를 횡단하며 칼로 가슴을 여는 다섯 번의 대수술을 받았고, 그렇게 다섯 번을 허물었던 몸 위에서 그는 매번 돌아왔고 여섯 번째 몸을 꽃피우고 있다. 왜 이 세상의 아름다운 꽃들은 무덤가를 출생지로 삼는 걸까. 왜 인간은 죽음으로부터 되돌아온 꽃의 이미지를 이야기하고 기억하며 기리고 사랑하는가. 봄이 돌아오고, 여름이 돌아오듯이, 꽃은 돌아와서 피어날 것이다. "언 강 위에서 춤을 추는 나의 할머니"의 몸짓으로 돌아오는 성동혁의 「꽃」. "민들레는 어떤 영혼이 빠뜨리고 간

흰머리인가"(「쌍둥이」).

그리고 「수선화」, 「라일락」, 「리시안셔스」, 「라넌큘러스」.
여기, 아름다운 한 청년이 이렇게 고백하고 있다. "나는 이
꽃을 선물하기 위해 살고 있다". 어떤 철학자는 진정한 선
물, 아무런 대가(교환)도 기대하지 않는 선물은 불가능하다
고 했는데, 그렇다면 선물 뒤에 드리워진 그림자처럼 어른
거리는 주체의 바람을 상정하지 않는 이 선물은 불가능의
가능성인가. 이 시집은 당신에게 온 희귀한 선물이다.

눈을 기다리고 있다
서랍을 열고
정말
눈을 기다리고 있다
내게도 미래가 주어진 것이라면
그건 온전히 눈 때문일 것이다
당신은 왜 내가 잠든 후에 잠드는가
눈은 왜 내가 잠들어야 내리는 걸까
(중략)
나는 이 꽃을 선물하기 위해 살고 있다
내가 나중에 아주 희박해진다면
내가 나중에 아주 희미해진다면
화병에 단 한 번 꽃을 꽂아둘 수 있다면
— 「리시안셔스」에서

2

베케트의 연극 『고도를 기다리며』의 무대를 떠올리면 언제나 한 그루 나무가 서 있다. 이 유명한 나무는 숱한 연출가들의 다양한 해석에 의해 십자가, 레몬 트리, 가로등, 도로표지판, 전신주, 외투 걸이, 허수아비 등으로 그 형상을 바꾸기도 했다. 만약 어떤 연출가가 성동혁의 시집에서 영감을 구한다면, '인간 나무'를 무대에 심겠다는 생각을 할지도 모르겠다. "사람인 적 있"(「걷는 야자수」)는 나무, "나무를 심으러 나갔다 나무가 되어 있"(「여름 정원」)는 인간 나무, 죽은 듯이 잠든 인간 나무, 수술대에 "가슴이 열린 채로 묶여 있"는 「측백나무」, 이 모든 나무의 시간은 기다림의 시간이다. "내가 잠들어야 내리는" 눈을 기다리는 낯설고 가혹하고 고요한 기다림의 시간이다. 이 기다림의 시간 속을 하얀 눈처럼 다녀가는 신성한 손길을 성동혁의 몸은 간직하고 있다. 성동혁이 자신의 손날에, 노트 위에서 펜을 잡고 살짝 새끼손가락을 치켜들면 바깥쪽으로 드러나는 새끼손가락에서 손목으로 이어지는 몸의 길에다가 문신한 성경 말씀을 언젠가 읽은 적이 있었다. "이후로는 누구든지 나를 괴롭게 말라. 내가 내 몸에 예수의 흔적을 가졌노라."(갈라디아서 6:17) 신성(神性)은 고통 받는 인간의 몸을 통해서 흔적을 남긴다. 너의 손가락은 참 길고 아름답구나, 그때 나는 생각했을 것이다. 이것이 시를 쓰는 성동혁의 손이구나, 생각했다. 우리가 고통 받고 상처 받을 수 있는 인간의 몸을 가지지 않았다면, 타인의 고통은 우리의 사건에서 동떨어졌을 것이며 문학적 경험 속으로 그토록 깊이 파고들지도 못했을 것이다.

조각가 자코메티는 1961년 파리 오데옹 극장의 『고도를 기다리며』 무대에 앙상한 한 그루 나무를 세웠다. 2막으로 이루어진 이 연극의 2막에서 자코메티는 텅 빈 나뭇가지에 단 한 잎의 석고 잎사귀를 매달았고, 공연이 모두 끝나고 나서 이 '첫 번째 나뭇잎'이자 '마지막 잎새'를 베케트에게 선물했다고 한다.* 이 일화에서 오 헨리의 소설 속 겨울밤을 떠올리는 건 내가 감상에 기운 것일지도 모르겠다. 그렇지만 성동혁의 '기다리는 나무'는 눈 내리는 겨울밤 '마지막 잎새'를 끝내 견딤으로써 선물을 간직한다. 성동혁의 시집에는 한 잎의 나뭇잎을 건네는 성동혁의 손이 있다.

3

이번엔 "모종삽"을 손에 쥔 그의 손이다.

아이들은 죽어서 그곳에 묻힌다

* 나탈리 레제, 김예령 옮김, 『사뮈엘 베케트의 말 없는 삶』(워크룸 프레스, 2014), 94쪽.

아이들이 어깨를 맞대고 커져 간 움집을 파낸다 아이들은
죽어서 그곳에 묻히지만 나는 살아서 모종삽을 가지고 그곳
으로 간다 아이들의 발톱에 모종삽이 닿을 때 나는 삽 끝으
로 아이들의 심장 소리를 듣는다 모종삽 모종삽 그곳을 파낸
다 아이들의 발이 드러난다 발이 많다 그곳이 뛴다

바람이 얇은 커튼을 제치며 낙원으로 노를 저어 간다 잎을
뚫고 팔분음표처럼 새들이 떨어지네 모자를 벗으면 어둠이
커지고 그들의 어머니는 영원한 자장가를 부른다 모종삽으
로 솟은 발가락을 두드려도 평원은 하늘을 안고 움직인다 어
른들은 주머니 안에서 양초를 켠다 환한 노래들이 밀려간다

자 마지막으로 아이들에게 박수를 치자*

* 아르헨티나에선 이승을 떠나는 자들에게 박수를 치는 장례 풍습
이 있다. 그곳에선 파랑새넝쿨이 자란다.

———「반도네온」

'나'는 모종삽을 쥐고서 죽은 아이들이 묻힌 집을 찾아
간다. 여기서 시인이 애도의 도구로 사용하는 '모종삽'은
매장을 위해 준비한 것이 아니라 어린 식물을 '옮겨 심듯
이' 죽은 이의 전위(轉位)와 이전(移轉)을 돕는 시적 도구로
그의 손에 쥐어져 있다. 시인의 모종삽에 닿은 아이들의 발

은 심장처럼 뛰고 있다. 아이들의 발은 자꾸만 다른 곳으로 달려가고 싶은 것이다. '발이 많이 달린' 어린 영혼들은 이 세계로부터 '행'을 바꾸고 '연'을 바꾸어 시적 도약을 하려고 한다. "아이들에게 박수를 치자".

　"행갈이와 연갈이를 할 줄 아는 사람"(「숲 2」)이 시인이라고 생각하는 성동혁에게 '모종삽'은 시 쓰기의 도구이기도 하다. 시 쓰기란 어떤 죽음들, 어떤 침묵들이 살아나서 움직이는 시간에 일어나는 사건이라고 할 수 있다. 말하자면, 상징 언어가 은폐하고 살해한 '말할 수 없는 것', '말이 되지 않는 것'이 시의 자리로 옮겨 오는 것이다. 말할 수 없고 말이 되지 않는 것은 어린아이의 '말 아닌 말'이 아닌가. 우리는 누구나 어린아이였지 않은가. 우리는 어린아이를 제압하고 어른이 되었던 것이다. 우리는 "그곳에서 버려진 후 이곳을 고향이라 소개"(「유기」)하며, 때로는 "이곳이 된 그곳에 누워 그곳이었던 이곳을 두려워"(「6」)하는 존재들인 것이다. 그런데 어른이 되지 않고 어린아이인 채로 죽은 "아이들"은 이 세계를 떠나 어른들의 상징 세계 바깥으로 아스라이 사라진다. 성동혁의 시는 죽은 아이들을 옮겨 심어 상징계 바깥의 가능성이 서식하는 이상한 정원이, 낯선 군락지가 되려 한다.

4

"젊은 시인이여 기침을 하자"(「눈」)고 선배 시인 김수영이 말한다면, 성동혁은 "커튼을 걷고/ 주황 기침"(「페르산친」)을 하얀 눈밭에 떨어뜨릴 것이다. 그의 "주황 기침"은 시인의 기침이기 이전에 "유리가 될 것 같"이 위태로운 육체를 가진 이의 기침이다. 김수영이 "죽음을 잊어버린 영혼과 육체를 위하여" "새벽이 지나도록 살아 있"는 "눈 위에 대고 기침을 하자"고, "눈더러 보라고 마음놓고 마음놓고/ 기침을 하자"고 시인의 의지로 외쳤다면, 성동혁은 자신의 기침이 하얀 눈을 오염시키는 것은 아닌지 의구심과 죄책감을 떨치지 못하지만 그럼에도 불구하고 분화구처럼 몸에서 격렬하게 터져 나오는 붉은 기침의 역설적인 황홀을 한참 바라보고 오래 생각하는 태도를 취한다. 김수영의 기침이 좀 더 의지적이라면, 성동혁의 기침은 한층 육체적이다. 그 육체의 색이 붉은색, 고기의 색, 피의 색, 태양의 색, 살아가는(동시에 죽어 가는) 생명의 색이다. 필사적으로 하는 이 기침은 "숨이 앞니의 뒷면까지 차오를 때"(「서커스」)와 함께 성동혁이 온몸으로 전하는 생의 감각이다. 그의 시는 '숨이 넘어가기 직전'에서 "한 발자국 더"(「血」)를 외치며 강렬한 생의 감각으로 끓어오른다.

그에게는 그 위태로운 '직전'에서 덮칠 수 있는 감정적이거나 미적인 붕괴를 다스리는 시적 능력이 있다. "난로 위에 끓어오르는 주전자의 물이 아슬/ 아슬하게 넘지 않는 것처럼 사랑의 절도(節度)는/ 열렬하다"(「사랑의 변주곡」)고 했던 김수영이라면 이것을 사랑의 능력이라고 했을지 모르겠다. 여기, 성동혁의 "붉은 주전자가 있다"(「血」). '붉은 주전자'의 시편들, 「긍휼」, 「노을」, 「나의 투우사 ― 식사 기도」, 「붉은 광장」, 「6」, 「2」, 「붉은 염전」……. 빨강은 성동혁의 색이다.

> 누가 나의 투우사에게 소를 풀었나
>
> 붉은 헝겊을 걸치고 복사뼈를 땅에 묻고
> 움직이지 않는 나의 투우사
>
> 사람들이 발등에 망치질을 한다
> 저녁이 온다
> 소가 온다!
>
> 나는 이를 악물고 식탁보를 뺀다
> 저녁이 온다고
> 소가 온다고!
>
> 저녁은 눈두덩 위로 떨어지는 유황 가루인가
> 아니면 무릎 위로 떨어지는 붉은 스프인가

궁창을 찌르는 철탑

뿔이 관통한 그의 손바닥에서 빛이 터져나온다

검지를 관자놀이에 붙이고 투우사의 구멍 안으로 달려간다

—「나의 투우사 — 식사 기도」

이 시집의 첫 시가 「쌍둥이」고, 맨 마지막 시편이 또한
같은 제목의 「쌍둥이」다. 인용 시의 "나"와 "나의 투우사"
는 바로 그 '쌍둥이'의 계열에 속하는 숭고한 붉은색 버전
이라 할 수 있다. 성동혁의 '쌍둥이'는 갈등하는 두 개의
자아를 표상한다고 쉽게 여겨질 수 있지만, '자아'라는 의
식의 조명 아래에서 이들 '쌍둥이'는 등장하지 않는다. 그
의 '쌍둥이'는 언어로 대화하거나 싸울 수 없으며 독백조
차 할 수 없다. 언어가 부재한 엄마 "배 속에 있었"(「쌍둥
이」)을 때, 의식을 잃고 "병신같이" "중환자실에 누워" 있
을 때, 고통 너머의 천국을 가리키고 있을 때, 돌진해 오는
소의 뿔이 몸을 관통할 때, 쌍둥이는 삶과 죽음 사이의 인
력과 척력 같은 '힘'의 실체로서 등장한다. "정물화"가 되지
않기 위해서는 어느 한 쪽이라도 움직여야 한다. 이 '차이
의 운동'이, '닮음의 실패'가 '살아 있음'을 가능하게 한다.

소가 돌진해 오고 있는데, 나의 투우사는 "붉은 헝겊을
걸치고 복사뼈를 땅에 묻고/ 움직이지 않는"다. 긴 칼을 감
추고 있는 빨간색 천(물레타muleta)으로 들소를 희롱하다가

끝내는 죽여야 하는 투우사. 그런 인물인 투우사가 이 시에서는 붉은 헝겊을 몸에 걸치고 희생제물처럼 사로잡혀 있다. 심지어 예수의 십자가형을 반복하듯이 "사람들이 발등에 망치질을 한다". 붉은 몸속으로 죽음이 덮치려 하는 이 일몰의 저녁은 희생제의의 시간, 신의 거룩한 식사시간인가. 수난과 고통과 공포 속에 묶여 있는 쌍둥이 투우사의 자리에서 나무를 뽑듯이 몸을 그 바깥으로 끌어내려는 위치 에너지로서의 '나'를 시인은 저녁 식탁에 앉혀 놓았다. 이 시적 배치에서 '나'는 투우사의 붉은 헝겊인 물레타를 대체하려는 듯 "이를 악물고 식탁보를 뺀다". 이 저녁에 '나'는, '나의 투우사'는 "눈두덩 위로 떨어지는 유황 가루"처럼 끔찍하게 뜨겁고 아프다. 그러는 사이에 "궁창을 찌르는 철탑"처럼 소의 뿔이 "그의 손바닥"을 관통하면서 투우사는 십자가에 못 박힌 예수의 형상으로 나타난다. 손바닥의 구멍으로는 피가 뿜어져 나올 텐데, 그 고통의 피는 "빛"난다. '나'는 소를 향해 붉은 식탁보를 흔드는 것이 아니라, "투우사의 구멍"인 신의 흔적 "안으로 달려간다". 이것이 성동혁이 온몸으로 하는 가장 뜨거운 "기도"다. 고통받는 몸속에서 성동혁은 인간의 신적인 빛을 발견한다. 인간이 예수를 닮았다고 감히 말할 수 있을 때, 예수는 십자가 위에서 고통 받는 인간의 육신을 드러내고 있는 것이다.

 "붉다 라는 말이/ 소년의 나라에선/ 아름답다 라는/ 말로도 쓰인다"(「붉은 광장」)고 했지. 빨강은 상처의 색이고 고통의 색, 혁명과 욕망과 폭력의 색, 꽃과 아름다움의 색, 그모든 빨강은 이 세계(이승)의 색이다. 붉은 노을이 검은 밤하늘로 변하듯이, 붉은 피가 검게 변하면 심장은 더 이상 뛰지 않겠지. 그것이 인간의 몸이겠지.

색의 전투와 같은 인간의 붉은 몸을 씻겨주는 색으로 성동혁은 '흰색'을 가리킨다. "하얀 나무를 볼 때면/ 하늘에도 숲이 있다고 믿었다"(「숲」). 붉은 피를 닦아 내는 "솜도 희게"(「6」), "주황 기침"을 떨어뜨린 눈밭도 희게 빛난다. 성동혁의 '흰색'은 '붉은색'의 침투에 마냥 오염되고 망쳐지는 무력한 색이 아니다. 이 '백색'은 "색의 전쟁", "뒤섞인다는 부정적인 원리를 역행하여, 퇴행의 인력을 돌파하여 자기 자신을 표출시"키는* 힘을 갖는다. '내 이름은 빨강', '내 이름은 하양'인 성동혁에게 '흰색'과 '붉은색'은 서로 적대적인 색이기만 한 것이 아니다. '삶'과 '죽음'의 관계가 그렇게 단순하게 대립하는 것이 아닌 것처럼 말이다. 차라리 그의 빨강은 하양을 빛나게 하고, 하양은 빨강을 빛나게 한다고 말해야 할 것 같다.

5

그러나 오늘은 색을 지우고 "당신의 묽은 제자가 되고

---

* 하라 켄야, 이정환 옮김, 『白』(안그라픽스, 2009), 29쪽.

싶어요/ 묽다가 묽다가 맑게"(「쌍둥이」). 어쩐지 이 구절을
성동혁의 저 "흘러가는 기도" 속에서 찾을 수 있을 것만
같다.

세수를 할 때마다 흘러가는 기도를 아끼자 더 흘려보내기
엔 세면대의 구멍이 작아
　물속에 얼굴을 넣었다 빼도 나는 물의 미간을 그려 내지
못한다

거울을 보면. 숨이 차고
젖은 아스피린과 가 보지 않은 옥상이 보인다
오래 마주치기엔 서로 흐르고

대신 나는 이가 투명해. 표정을 잃을 때마다 사라지는 다리
골반까지만 반복되는 거울

잠시 엄마와 월요일이 사라진 것을 메모했다
그때는 아가미가 생겼다

침대에 누우면. 눈썹들이 쏟아지고
돌고래의 문장을 배워 본다
지느러미가 생기면
파도의 단추를 모두 채워 주고 싶다

스위치를 켜면, 물이 우르르 밝다

오늘이 짙고 밤이 숨차고

창문을 상상한다

방의 동공이 크다

　　　　　　—「그 방에선 물이 자란다」

　물속에 얼마나 오랫동안 얼굴을 넣어 둘 수 있을까. 인간의 호흡법으로는 물에서 그리 오래 버틸 수 없다. 그렇게 물속에 있는 듯 못 견디게 숨이 차고 끊어질 듯한 감각을 성동혁의 폐와 몸은 수시로 느낀다. 지금 '나'는 숨차다. 방이 물속처럼 느껴진다. 거울 속에 나타나는 것들도 물처럼 흐르고, 거울 앞에 선 '나'도 물처럼 흐르는 것 같아서 "오래 마주치"지 못한다. 방의 물이 자라면서 나는 물에 가까운 존재가 되어 간다. 성동혁의 이 시는 거울이나 우물 바깥에서 그리는 자화상이 아니라 물속으로 투신하여 기존의 표정을 가진 자화상을 잃어버리고 새로운 얼굴을 건져 올린다. 그것은 한 번도 거울에 비춰 본 적 없는, 그래서 어디에도 언어로 옮겨진 적 없는, 망각한 줄도 모르고 망각한 그것, 나의 가장 원시적인 얼굴, 그것은 얼굴 아닌 얼굴일지도 모른다. 물의 방에서는 표정을 '만들고' '짓는' 주체의 구성력이 힘을 잃는다. "해체되지 않는 거대한 고체"(「쌍둥이」)의 형상이 그 방에서는 해체되고 녹는다.

　"엄마와 월요일이 사라"지고 나는 역진화(逆進化)한다.

147

엄마가 보이지 않는 세계는 역설적으로 그녀의 자궁 속이다. 그 물의 나라에는 '월요일'과 같은 시간의 표식이 없고, 흐르는 모든 것들을 붙잡아 맬 언어가 없다. 만약에 우리가 엄마의 배 속에서부터 말하는 존재였다면, 잃어버린 그 무엇을 기억할 수 있을까. 어쩌면 그곳에서 우리는 "돌고래의 문장" 같은 것을 가지고 있었을지도 모른다. 그리고 우리에게는 다른 호흡법, "아가미"의 호흡법 같은 것이 있었겠지. 이제 나는 그곳에서 포유류 인간의 감각을 되돌려 어류에 가까워진다. 내가 어류에 가까워진다는 것은 물에 더 가까워진다는 것. 출렁거리는 나는 "파도의 단추를 모두 채워 주고 싶다". 그러나 파도의 단추를 모두 채워도 물은 흐르고 넘치고 법, 여기는 "물이 자"라는 방이다.*

여기서 '나'는 커다란 물방울처럼 아슬아슬하게 "간헐적으로 살아 있는 것 같다"(「여름 정원」). 죽음과 함께 자라는 생을 그의 시는 투명하게 들여다본다. 그의 숨결은 거친 물결처럼 인간의 시간을 두드린다. 이 감각적 소란 속에서 '더' 생생해지는 이것을 무엇이라 불러야 할까. "스위치를 켜면, 물이 우르르 밝다". 성동혁은 등단 소감에 "소중히 숨 쉬겠습니다."라고 썼다.

* 졸고, 「물결과 숨결」, 《세계의 문학》, 2011년 가을호.

6

해일이 끓어오르고, 화병이 깨지고, 종이가 찢어지는 물질적 폭동, 감각적 소동은 성동혁의 세계에서 '상처 받기 쉬운 존재', '고통을 느끼는 몸'이 가진 강렬한 표현력이자 표현 그 자체다. "도자기는 자주 깨지는 가구다/ 고정된 가구는 없다"(「창백한 화전민」)라는 시의 문장이 '인간은 자주 깨지는 존재다. 고정된 인간은 없다.'라는 진술로 우리에게 옮겨질 때, 더 날카로워지고 더 아슬아슬해지는 촉각적 경험이 의미에 앞서 온다. 우리는 모두 아플 수 있는 존재이기에 타인의 상처를 둘러싸고 공통의 감각 지평이 마련되는 것이리라. 아픔과 고통은 몸을 가진 인간의 연약함을 드러내지만 그렇기에 어떤 능력이고 어떤 가능성인 것이다. 그 시적 가능성 속에서 한 사람의 몸이 인류의 알몸으로 벗겨져 나타나는 시간이 찾아온다.

'상처 받기 쉬운 존재'로 마주한다는 것은 다만 서로의 상처를 어루만지고 다독이며 나눈다는 것만이 아니다. 성동혁이 썼듯이, "나는 너를 사랑해"라는 사랑의 선언은 "내가 네게 명명한 폭력"(「6」)이었다. 사랑은 존재를 상처 받기 쉬운 상태로 만들며, 그래서 '더' 상처 받고 '더' 상처 입힌다. 사랑하지 않았다면 상처 받지 않았을 것이다. 사랑은 상처를 봉합하는 것이 아니라 상처를 '더' 찢어지게 하여, 존재론적인 변이와 전환을 만들어 내는 것이다. 성동혁이 그렇게 찢어지는 사랑의 통각 속에서 사랑을 지속하며 다시 계속하고자 한다는 것, 그것은 그의 존재론적 투쟁이고 시적 모험이다. 상처를 찢는다는 것, 그것은 한계를 찢는다는 것이다. "발이 세계인 나의 친구여", "방향을 찢"고 "더 많은 밖"을 보자, 더 걸어가자, 더 사랑하자.

발이 세계인 나의 친구여 휴전선으로 가자 (중략) 휴전선을 찢고 밤마다 둥지를 옮기는 새 밤마다 방파제를 넘는 짐승들. 친구여 그러므로 북방한계선으로 가자 춥고 먼 곳으로 노를 갖고 모이자 휴전선으로 휴전선으로. 노를 저을 사람들이 오고 있을 것이다

———「노를 젓자」에서

지은이　　　**성동혁**

1985년 서울에서 태어났다. 2011년 《세계의 문학》 신인상으로 등단했다.

6

1판 1쇄 펴냄 2014년 9월 12일
1판 16쇄 펴냄 2023년 9월 12일

지은이 성동혁
발행인 박근섭, 박상준
펴낸곳 (주)민음사

출판등록 1966. 5. 19. (제16-490호)
서울특별시 강남구 도산대로1길 62(신사동)
강남출판문화센터 5층 (우편번호 06027)
대표전화 02-515-2000 / 팩시밀리 02-515-2007
www.minumsa.com

ISBN 978-89-374-0824-3 04810
　　　978-89-374-0802-1 (세트)

• 이 책은 2013년도 서울문화재단 예술창작지원금을 받았습니다.
• 잘못 만들어진 책은 구입처에서 교환해 드립니다.

민음의 시
목록

001 **전원시편** 고은
002 **멀리 뛰기** 신진
003 **춤꾼 이야기** 이윤택
004 **토마토 씨앗을 심은 후부터** 백미혜
005 **징조** 안수환
006 **반성** 김영승
007 **햄버거에 대한 명상** 장정일
008 **진흙소를 타고** 최승호
009 **보이지 않는 것의 그림자** 박이문
010 **강** 구광본
011 **아내의 잠** 박경석
012 **새벽편지** 정호승
013 **매장시편** 임동확
014 **새를 기다리며** 김수복
015 **내 젖은 구두 벗어 해에게 보여줄 때** 이문재
016 **길 안에서의 택시잡기** 장정일
017 **우수의 이불을 덮고** 이기철
018 **느리고 무겁게 그리고 우울하게** 김영태
019 **아침책상** 최동호
020 **안개와 불** 하재봉
021 **누가 두꺼비집을 내려놨나** 장경린
022 **흙은 사각형의 기억을 갖고 있다** 송찬호
023 **물 위를 걷는 자, 물 밑을 걷는 자** 주창윤
024 **땅의 뿌리 그 깊은 속** 배진성
025 **잘 가라 내 청춘** 이상희
026 **장마는 아이들을 눈뜨게 하고** 정화진
027 **불란서 영화처럼** 전연옥
028 **얼굴 없는 사람과의 약속** 정한용
029 **깊은 곳에 그물을** 남진우
030 **지금 남은 자들의 골짜기엔** 고진하
031 **살아 있는 날들의 비망록** 임동확
032 **검은 소에 관한 기억** 채성병
033 **산정묘지** 조정권
034 **신은 망했다** 이갑수
035 **꽃은 푸른 빛을 피하고** 박재삼
036 **침엽수림에서** 엄원태
037 **숨은 사내** 박기영
038 **땅은 주검을 호락호락 받아 주지 않는다** 조은
039 **낯선 길에 묻다** 성석제
040 **404호** 김혜수
041 **이 강산 녹음 방초** 박종해
042 **뿔** 문인수
043 **두 힘이 숲을 설레게 한다** 손진은
044 **황금 연못** 장옥관
045 **밤에 용서라는 말을 들었다** 이진명
046 **홀로 등불을 상처 위에 켜다** 윤후명
047 **고래는 명가수** 김영태
048 **당나귀의 꿈** 권대웅
049 **까마귀** 김재석
050 **늙은 퇴폐** 이승욱
051 **색동 단풍숲을 노래하라** 김영무
052 **산책시편** 이문재
053 **입국** 사이토우 마리코
054 **저녁의 첼로** 최계선
055 **6은 나무 7은 돌고래** 박상순
056 **세상의 모든 저녁** 유하
057 **산화가** 노혜봉
058 **여우를 살리기 위해** 이학성
059 **현대적** 이갑수
060 **황천반점** 윤제림
061 **몸나무의 추억** 박진형
062 **푸른 비상구** 이희중
063 **님시편** 하종오
064 **비밀을 사랑한 이유** 정은숙
065 **고요한 동백을 품은 바다가 있다** 정화진
066 **내 귓속의 장대나무 숲** 최정례
067 **바퀴소리를 듣는다** 장옥관
068 **참 이상한 상형문자** 이승욱
069 **열하를 향하여** 이기철
070 **발전소** 하재봉
071 **화염길** 박찬
072 **딱따구리는 어디에 숨어 있는가** 최동호
073 **서랍 속의 여자** 박지영
074 **가끔 중세를 꿈꾼다** 전대호
075 **로큰롤 해븐** 김태형
076 **에로스의 반지** 백미혜
077 **남자를 위하여** 문정희
078 **그가 내 얼굴을 만지네** 송재학
079 **검은 암소의 천국** 성석제
080 **그곳이 멀지 않다** 나희덕
081 **고요한 입술** 송종규
082 **오래 비어 있는 길** 전동균

083	미리 이별을 노래하다 차창룡		125	뜻밖의 대답 김언희
084	불안하다, 서 있는 것들 박용재		126	삼천갑자 복사빛 정끝별
085	성찰 전대호		127	나는 정말 아주 다르다 이만식
086	삼류 극장에서의 한때 배용제		128	시간의 쪽배 오세영
087	정동진역 김영남		129	간결한 배치 신해욱
088	벼락무늬 이상희		130	수탉 고진하
089	오전 10시에 배달되는 햇살 원희석		131	빛들의 피곤이 밤을 끌어당긴다 김소연
090	나만의 것 정은숙		132	칸트의 동물원 이근화
091	그로테스크 최승호		133	아침 산책 박이문
092	나나 이야기 정한용		134	인디오 여인 곽효환
093	지금 어디에 계십니까 백주은		135	모자나무 박찬일
094	지도에 없는 섬 하나를 안다 임영조		136	녹슨 방 송종규
095	말라죽은 앵두나무 아래 잠자는 저 여자 김언희		137	바다로 가득 찬 책 강기원
			138	아버지의 도장 김재혁
096	흰 책 정끝별		139	4월아, 미안하다 심언주
097	늦게 온 소포 고두현		140	공중 묘지 성윤석
098	내가 만난 사람은 모두 아름다웠다 이기철		141	그 얼굴에 입술을 대다 권혁웅
099	빗자루를 타고 달리는 웃음 김승희		142	열애 신달자
100	얼음수도원 고진하		143	길에서 만난 나무늘보 김민
101	그날 말이 돌아오지 않는다 김경후		144	검은 표범 여인 문혜진
102	오라, 거짓 사랑아 문정희		145	여왕코끼리의 힘 조명
103	붉은 담장의 커브 이수명		146	광대 소녀의 거꾸로 도는 지구 정재학
104	내 청춘의 격렬비열도엔 아직도 음악 같은 눈이 내리지 박정대		147	슬픈 갈릴레이의 마을 정채원
			148	습관성 겨울 장승리
105	제비꽃 여인숙 이정록		149	나쁜 소년이 서 있다 허연
106	아담, 다른 얼굴 조원규		150	앨리스네 집 황성희
107	노을의 집 배문성		151	스윙 여태천
108	공놀이하는 달마 최동호		152	호텔 타셀의 돼지들 오은
109	인생 이승훈		153	아주 붉은 현기증 천수호
110	내 졸음에도 사랑은 떠도느냐 정철훈		154	침대를 타고 달렸어 신현림
111	내 잠 속의 모래산 이장욱		155	소설을 쓰자 김언
112	별의 집 백미혜		156	달의 아가미 김두안
113	나는 푸른 트럭을 탔다 박찬일		157	우주전쟁 중에 첫사랑 서동욱
114	사람은 사랑한 만큼 산다 박용재		158	시소의 감정 김지녀
115	사랑은 야채 같은 것 성미정		159	오페라 미용실 윤석정
116	어머니가 촛불로 밥을 지으신다 정재학		160	시차의 눈을 달랜다 김경주
117	나는 걷는다 물먹은 대지 위를 원재길		161	몽해항로 장석주
118	질 나쁜 연애 문혜진		162	은하가 은하를 관통하는 밤 강기원
119	양귀비꽃 머리에 꽂고 문정희		163	마계 윤의섭
120	해질녘에 아픈 사람 신현림		164	벼랑 위의 사랑 차창룡
121	Love Adagio 박상순		165	언니에게 이영주
122	오래 말하는 사이 신달자		166	소년 파르티잔 행동 지침 서효인
123	하늘이 담긴 손 김영래		167	조용한 회화 가족 No. 1 조민
124	가장 따뜻한 책 이기철		168	다산의 처녀 문정희

169 **타인의 의미** 김행숙

170 **귀 없는 토끼에 관한 소수 의견** 김성대

171 **고요로의 초대** 조정권

172 **애초의 당신** 김요일

173 **가벼운 마음의 소유자들** 유형진

174 **종이** 신달자

175 **명왕성 되다** 이재훈

176 **유령들** 정한용

177 **파묻힌 얼굴** 오정국

178 **키키** 김산

179 **백 년 동안의 세계대전** 서효인

180 **나무, 나의 모국어** 이기철

181 **밤의 분명한 사실들** 진수미

182 **사과 사이사이 새** 최문자

183 **애인** 이응준

184 **얘들아, 모든 이름을 사랑해** 김경인

185 **마른하늘에서 치는 박수 소리** 오세영

186 **ㄹ** 성기완

187 **모조 숲** 이민하

188 **침묵의 푸른 이랑** 이태수

189 **구관조 씻기기** 황인찬

190 **구두코** 조혜은

191 **저렇게 오렌지는 익어 가고** 여태천

192 **이 집에서 슬픔은 안 된다** 김상혁

193 **입술의 문자** 한세정

194 **박카스 만세** 박강

195 **나는 나와 어울리지 않는다** 박판식

196 **딴생각** 김재혁

197 **4를 지키려는 노력** 황성희

198 **.zip** 송기영

199 **절반의 침묵** 박은율

200 **양파 공동체** 손미

201 **온몸으로 밀고 나가는 것이다**
서동욱·김행숙 엮음

202 **암흑향暗黑鄕** 조연호

203 **살 흐르다** 신달자

204 **6** 성동혁

205 **응** 문정희

206 **모스크바예술극장의 기립 박수** 기혁

207 **기차는 꽃그늘에 주저앉아** 김명인

208 **백 리를 기다리는 말** 박해람

209 **묵시록** 윤의섭

210 **비는 염소를 몰고 올 수 있을까** 심언주

211 **힐베르트 고양이 제로** 함기석

212 **결코 안녕인 세계** 주영중

213 **공중을 들어 올리는 하나의 방식** 송종규

214 **희지의 세계** 황인찬

215 **달의 뒷면을 보다** 고두현

216 **온갖 것들의 낮** 유계영

217 **지중해의 피** 강기원

218 **일요일과 나쁜 날씨** 장석주

219 **세상의 모든 최대화** 황유원

220 **몇 명의 내가 있는 액자 하나** 여정

221 **어느 누구의 모든 동생** 서윤후

222 **백치의 산수** 강정

223 **곡면의 힘** 서동욱

224 **나의 다른 이름들** 조용미

225 **벌레 신화** 이재훈

226 **빛이 아닌 결론을 찢는** 안미린

227 **북촌** 신달자

228 **감은 눈이 내 얼굴을** 안태운

229 **눈먼 자의 동쪽** 오정국

230 **혜성의 냄새** 문혜진

231 **파도의 새로운 양상** 김미령

232 **흰 글씨로 쓰는 것** 김준현

233 **내가 훔친 기적** 강지혜

234 **흰 꽃 만지는 시간** 이기철

235 **북양항로** 오세영

236 **구멍만 남은 도넛** 조민

237 **반지하 앨리스** 신현림

238 **나는 벽에 붙어 잤다** 최지인

239 **표류하는 흑발** 김이듬

240 **탐험과 소년과 계절의 서** 안웅선

241 **소리 책력冊曆** 김정환

242 **책기둥** 문보영

243 **황홀** 허형만

244 **조이와의 키스** 배수연

245 **작가의 사랑** 문정희

246 **정원사를 바로 아세요** 정지우

247 **사람은 모두 울고 난 얼굴** 이상협

248 **내가 사랑하는 나의 새 인간** 김복희

249 **로라와 로라** 심지아

250 **타이피스트** 김이강

251 **목화, 어두운 마음의 깊이** 이응준

252 **백야의 소문으로 영원히** 양안다

253 **캣콜링** 이소호

254 **60조각의 비가** 이선영

255 **우리가 훔친 것들이 만발한다** 최문자

256 **사람을 사랑해도 될까** 손미

257 **사과 얼마예요** 조정인

258 **눈 속의 구조대** 장정일

259 **아무는 밤** 김안

260 **사랑과 교육** 송승언

261 **밤이 계속될 거야** 신동옥

262 **간절함** 신달자

263 **양방향** 김유림

264 **어디서부터 오는 비인가요** 윤의섭

265 **나를 참으면 다만 내가 되는 걸까** 김성대

266 **이해할 차례이다** 권박

267 **7초간의 포옹** 신현림

268 **밤과 꿈의 뉘앙스** 박은정

269 **디자인하우스 센텐스** 함기석

270 **진짜 같은 마음** 이서하

271 **숲의 소실점을 향해** 양안다

272 **아가씨와 빵** 심민아

273 **한 사람의 불확실** 오은경

274 **우리의 초능력은 우는 일이 전부라고 생각해**
      윤종욱

275 **작가의 탄생** 유진목

276 **방금 기이한 새소리를 들었다** 김지녀

277 **감히 슬프지 않을 수 있겠습니까?** 여태천

278 **내 몸을 입으시겠어요?** 조명

279 **그 웃음을 나도 좋아해** 이기리

280 **중세를 적다** 홍일표

281 **우리가 동시에 여기 있다는 소문** 김미령

282 **써칭 포 캔디맨** 송기영

283 **재와 사랑의 미래** 김연덕

284 **완벽한 개업 축하 시** 강보원

285 **백지에게** 김언

286 **재의 얼굴로 지나가다** 오정국

287 **커다란 하양으로** 강정

288 **여름 상설 공연** 박은지

289 **좋아하는 것들을 죽여 가면서** 임정민

290 **줄무늬 비닐 커튼** 채호기

291 **영원 아래서 잠시** 이기철

292 **다만 보라를 듣다** 강기원

293 **라흐 뒤 프루콩 드 네주 말하자면 눈송이의 예술**
      박정대

294 **나랑 하고 시픈게 뭐에요?** 최재원

295 **해바라기밭의 리토르넬로** 최문자

296 **꿈을 꾸지 않기로 했고 그렇게 되었다** 권민경

297 **이건 우리만의 비밀이지?** 강지혜

298 **몸과 마음을 산뜻하게** 정재율

299 **오늘은 좀 추운 사랑도 좋아** 문정희

300 **눈 내리는 체육관** 조혜은

301 **가벼운 선물** 조해주

302 **자막과 입을 맞추는 영혼** 김준현

303 **당신은 오늘도 커다랗게 입을 찢으며 웃고 있습니**
      신성희

304 **소공포** 배시은

305 **월드** 김종연

306 **돌을 쥐려는 사람에게** 김석영

307 **빛의 체인** 전수오

308 **당신의 세계는 아직도 바다와 빗소리와 작약을**
      취급하는지 김경미

309 **검은 머리 짐승 사전** 신이인

310 **세컨드핸드** 조웅우

311 **전쟁과 평화가 있는 내 부엌** 신달자

312 **조금 전의 심장** 홍일표

313 **여름 가고 여름** 채인숙

314 **다들 모였다고 하지만 내가 없잖아** 허주영

315 **조금 진전 있음** 이서하

316 **장송행진곡** 김현